# Bonsai

## CHRISTINE NÖSTLINGER

Traducción de:
María de las Mercedes Ortíz

Fotografía de cubierta:
Sergio Vanegas

GRUPO
EDITORIAL
norma

Barcelona, Bogotá, Buenos Aires, Caracas, Guatemala,
Lima, México, Miami, Panamá, Quito, San José,
San Juan, San Salvador, Santiago de Chile.

Título original en alemán
*Bonsai*
de Christine Nöstlinger

© Beltz Verlag, Weinhem und Basel
— Progamm Beltz & Gelberg Weinhem, 1996

© Editorial Norma S.A., 1998
de la traducción en español para Hispanoamérica
y el mercado de habla hispana de los Estados Unidos.
A.A. 53550, Bogotá, Colombia

Primera reimpresión, 2000
Segunda reimpresión, 2001
Tercera reimpresión, 2004
Cuarta reimpresión, 2005

Impreso por Banco de Ideas Publicitarias
Impreso en Colombia - Printed in Colombia
Septiembre de 2009

Dirección editorial, María Candelaria Posada
Dirección de arte, Julio Vanoy
Diagramación, Ana Inés Rojas

ISBN 958-04-4390-4

ISBN 978-958-04-4390-2

# CONTENIDO

*Del extremadamente difícil
trato diario con una separada,
algunos acróbatas de religión
y veintidós cabezas huecas.*

Acaba de pasar la pelea diaria con "la separada". Los dos estamos ya tan acostumbrados a estas peleas como a lavarnos los dientes. Y a lo largo de los siete días de la semana seguirá la batalla hasta que uno de los dos quede de vencedor absoluto. El problema de esto es que no sé bien cómo me va a parecer la victoria absoluta en esta "guerra madre-hijo". En las etapas diarias está claro: el que se va furioso de la sala dando un portazo es el perdedor del día, y el que se queda allí, con la cabeza en alto, muy digno, es el vencedor. Pero en realidad yo no quiero pasar el resto de mi juventud como vencedor absoluto, solo en la sala y con la cabeza erguida.

En cambio, me es más claro qué quiere la separada. Ella se consideraría la vencedora absoluta si lograra que lo que yo hago y dejo hacer se mantuviera en su "supuesto" amplio límite de tolerancia, y si mi comportamiento no excediera las ya reconocidas fronteras de su altísimo nivel de frustración. Es decir, si hubiera hecho de mí un encantador muchachito fácil de cuidar, que se porta mal sólo donde a ella no le molesta. Dicho de otra manera, si me sometiera a una completa transformación de mi ser por un afecto infantil hacia ella.

Pero yo no puedo hacer eso, así tuviera la mejor voluntad y no se me atravesara ni un mal pensamiento. Un ejemplo típico, hoy por la tarde: Estoy acostado en el sofá de la sala comiendo papas fritas y aceitunas y revisando de arriba a abajo la programación de televisión. Ella entra, todavía con el abrigo y el sombrerito puestos y con su cara de todos los días, y exclama: "¡Dios mío, otra vez vengo muerta de luchar por ganar tanto dinero!" En la mano tiene un sobre, lo rasga, saca un papelucho, frunce el ceño y se queja: "¡Esos tipos de la iglesia se chiflaron! ¿Cómo se les ocurre cobrarme otro impuesto? ¡Antes debieran estar contentos de que les suelte algo!"

Pacífica y amigablemente, le digo que podría retirarse de la iglesia si no quiere pagar el impuesto. Total, la señora está separada y no recibiría la comunión del domingo ni una vez, así quisiera. Y cuando a uno lo han excluido brutalmente de los servicios básicos de una empresa, tiene todo el derecho de romper el contrato con ella.

La separada suspira y dice que en el fondo tengo razón, pero que sería un paso muy difícil de dar, y se pone a decir bobadas sobre el "ámbito cultural del occidente cristiano" y su "antiquísimo carácter" y otras cosas por el estilo. Y yo le digo, más bien en chiste, que he estado pensando en la posibilidad de no tomar el próximo año la clase de religión católica, y que no me molestaría en lo más mínimo decirle adiós al ámbito cultural del occidente cristiano. Y la mujer, en vez de preguntarme cortésmente por qué he pensado tanto en eso, exclama, autoritaria: "¡No, Sebastián! ¡No harás eso!" Y entonces me alecciona, me dice que debo conocer con dos horas semanales de clase la fe en que nací, y que sólo cuando sea un verdadero adulto y sepa con exactitud de qué se trata, podré decidirme responsablemente a favor o en contra de ella. Y yo le indico –todavía tranquilo y controlado, hasta cierto punto– que no puedo aplazar la decisión para después del bachillerato, porque entonces ya habría asistido a todas las clases.

Y ella dice: "Sí, sí, sí, así debe ser", pues en su opinión no hay nada peor que el sordo que rechaza algo sin conocerlo, de lo cual provienen la mayoría de las lamentaciones sobre la Tierra.

Como ya mencioné, eso de salirme de la clase de religión lo dije en chiste, sin haber pensado de verdad en hacerlo. Pero cuando la separada me explica qué es bueno para mí, me salgo de mis casillas y se encienden todos mis dispositivos de seguridad. Ahí mismo sostengo que no esperaré al otoño sino que me retiraré ya mismo, aunque el reglamento del colegio no lo permita. Y que si no me dejan pasaré como protesta todas las clases de religión, hasta el próximo verano, parado de cabeza frente a mis compañeros. Eso, me imagino, no le desagradaría al piadoso hombre que nos dicta este año la clase de religión católica. Porque pasa lo siguiente: En mi colegio trabaja desde hace años el capellán Keppelmüller, que ya está en edad de jubilarse, y que dictó mucho tiempo todas las clases de religión. Pero hubo un año con tantos alumnos que tuvieron que crear un primero adicional, y como el capellán hubiera tenido que encargarse de esas clases y no le hubiera gustado, llegó un "acróbata de religión" a ese curso, que era el mío.

Aunque ese primer acróbata llegaba siempre con un porcentaje nada despreciable de alcohol en la sangre, que se podía oler a dos metros de distancia en contra del viento, se le dice acróbata en la jerga burocrática escolar porque es un profesor que no trabaja en un solo colegio sino brinca de institución en institución para reunir penosamente su cuota de horas semanales.

Como mi clase no era ni muy juiciosa ni muy inclinada a aprender, el acróbata se frustró y resolvió irse después de un año. Y frustramos al siguiente acróbata. Y al año próximo al siguiente.

Y ahora que estamos en noveno nos embutirán, a partir del próximo otoño, al quinto ejemplar acrobático.

En principio, yo no habría estado en contra de la clase de religión si alguno de los acróbatas tuviera en la cabeza algo más que el eterno cuento del amor al prójimo, el Tercer Mundo, la vergüenza, la vida que no nació, el amor responsable y otras cosas de esas. No me opongo a que se hable de esos temas; por mí, hasta semanas enteras. Podrían ser materia de examen, pero habría que despacharlos en otras clases. En religión, ¡quiero tener religión!

Esperanzado, pongo a prueba a cada acróbata en las primeras horas que pasa con nosotros, incluidos los genios que a veces nos llegan, preguntándoles: "Disculpe, ¿puede crear Dios una piedra tan pesada que él mismo no pueda alzar?"

Y sufro un amargo desencanto cada vez que me dicen que no debo hacer preguntas tan imbéciles. O le están prohibidas a uno tales tonterías de la pubertad, o ellos dicen que no se dejarán atrapar con bromas pesadas. Pero esto no es ni una tontería ni una broma pesada, sino un serio interrogante a la omnipotencia divina. Claro que esto no sólo lo ignoran los acróbatas, sino también mis compañeros de clase, que tampoco captan lo que me preocupa y cuán fundamental es esto para mí. Creen que son tretas baratas para acróbatas, al igual que todas esas otras preguntas que me hubiera gustado que los acróbatas me respondieran. No logran entender que a alguien le interesen estos temas.

Por desgracia, estoy rodeado de puros bobos, donde cargar cabezas huecas es lo normal, y donde un poco de paja en la cabeza sería demasiado peso. Hoy adquirí de nuevo dolorosa consciencia de esta realidad. Desde hace años intento aclarar si el ser humano goza de verdad del libre albedrío. Y hoy temprano, en el tranvía, se me ocurrió una forma de demostrar que eso del libre albedrío es una patraña. Allí sentado, sin pensar en nada especial, miro por la ventana y veo un anuncio grandísimo en la pared de una casa sobre una corporación de ahorros de la industria de la construcción. En el cartel salen una mujer embarazada y un joven, y los dos fijan la mirada, transfigurada, en el abultado vientre. Y allí donde deberían estar los muslos de los dos observadores, dice: *"Nosotros pensamos en el futuro"*.

Yo veo eso y pienso: "Piensen en el futuro, si quieren, ¡pero para mí del futuro no hay nada que decir!"

Y el tranvía sigue rechinando, y a mí no me rechina en el cerebro nada distinto de "futuro, futuro, futuro". Pero terminemos ya con ese tonto "futuro, futuro, futuro", aunque yo no pude dejar de pensar en eso. Bueno, pues de repente vi tan claro como el sol, la luna y las estrellas, que el ser humano no puede prohibirse dejar de pensar en algo. O viceversa: que no puede ordenarse a sí mismo pensar en algo. Y cuando no puede, no tiene libre albedrío.

Claro, esto me entusiasmó muchísimo, y en tal estado uno olvida, por desgracia con rapidez, el trato adecuado con los cabezas huecas. Entré en el salón y le comuniqué al personal allí presente el conocimiento al fin ganado.

Y hubiera sostenido mi punto de vista sin problema delante de cualquiera, pero nadie se tomó la molestia de contradecirme. Me miraron como si les hubiera recitado un poema en suaheli.* Y entonces sentí como si me hubiera caído en un pozo profundo, una sensación que me da seguido, aunque nunca llego al fondo y tampoco sé si allí hay agua que amortigüe la caída o piedra dura que me rompa los huesos. Siempre hay alguien conmigo que dice algo que me impulsa arriba y afuera del pozo con la rapidez de un relámpago. Hoy por la mañana fue Alexander, cuando dijo: "Bonsai, tus brillantes pedos cerebrales me producen retortijones. ¿No tienes otras preocupaciones?"

Diplomáticos como son, mis compañeros de clase casi siempre me dicen "Bonsai" cuando no estoy presente. Pero hoy Alexander estaba demasiado dormido para tanta diplomacia.

Por un lado, yo podría haber pensado: "Mejor que te digan en la cara lo que murmuran a tus espaldas". Por el otro lado, esos comentarios no son necesariamente sanos para la psiquis, ya que uno se ve privado del par de horas agradables en que se sentía aceptado en el círculo de amigos. De acuerdo, entonces el sentimiento de seguridad es una equivocación. Pero las equivocaciones también acarician la psiquis, y un acariciado se desliza con mejor ánimo por la vida que un apaleado. Y en últimas, como soy vienés de nacimiento y de crianza, me puedo apoyar en el lema del antiguo Nestroy: *¡Todo son quimeras, pero me entretienen!*

---

* Lenguaje de África. *[Nota del editor.]*
* Escritor austriaco nacido en 1801, autor de comedias de crítica social. *[Nota del editor.]*

## 2

*De problemas de trapos,*
*seres de antimateria*
*y conversaciones con*
*altibajos, así como de una*
*prima sensata.*

La idea de ponerme el apodo de Bonsai se les ocurrió a un par de chistosos de mi curso, porque soy pequeño. Muy, muy pequeño. Más pequeño que la niña más bajita de mi clase, Anneliese. Se supone que voy a crecer, diagnosticaron tres respetables doctores en medicina a cambio de un buen honorario. "Eso se advierte en los huesos metacarpianos", dijeron. Por esa razón no quisieron darme las hormonas que hubieran podido hacerme crecer un par de centímetros.

Y que en la clase no me hayan bautizado sencillamente "Enanito" se debe a que en realidad soy muy bello. En los enanos por lo general fallan las proporciones: tienen las piernitas muy cortas, la cabeza demasiado grande o los bracitos muy largos. Pero en mí todo concuerda como en un arbolito bonsai.

Tanto, que mi prima Eva-Maria mantiene en la agenda de bolsillo una foto mía a color, del tamaño de una postal, para presumir con las amigas del colegio. Allí salgo en pose de vencedor y en vestido de baño, en la playa de Taormina. Detrás mío sólo hay mar, delante mío sólo hay arena, a lo largo y ancho no hay ninguna otra persona con quien me puedan comparar. El observador ignorante puede pensar que se trata de tipo de un metro con noventa de estatura. Y si yo midiera un metro con noventa de estatura, ¡podría ser Top Model masculino!

La separada me compra toda la ropa en Benetton tallas 0-12, y tengo la grave sospecha de que ni siquiera toma de allí la talla más grande. Que yo la acompañe de compras ni se pregunta, porque es humillante para uno que ya tiene bozo medirse pantalones, camisas y chaquetas entre auténticos niños, y de pronto recibir a la salida del almacén un globo rojo o un dulce que la vendedora le pone a uno en la mano.

Antes, cuando todavía no había desarrollado la fortaleza de carácter necesaria para oponerme obstinadamente a la orden materna de participar en la compra de trapos, añoraba en los probadores que se presentara mi yo de antimateria para que se acabara de inmediato la tortura.

Por encima de cualquier cosa deseaba a ese yo de

antimateria, especialmente cuando la vida me era muy difícil, o sea casi siempre. Aun todavía lo añoro algunas veces.

La gente sensata, como la separada, opina que el yo de antimateria no existe y que los tontos que creen en semejante ridiculez son lunáticos ignorantes.

Los que no son chiflados dicen: "La antimateria es la materia compuesta por antipartículas que no pueden coexistir con la materia normal, porque aunque estables en sí, al encontrarse con sus partículas complementarias se desmaterializarían".

Los chiflados, en cambio, imaginan el asunto de una manera mucho más interesante. Aseguran que en la Tierra existen seres vivos materiales y antimateriales. Y cada ser material tiene un gemelo de antimateria, y si los dos se encontraran y se tocaran, se disolverían –pin, pam, pum– en la nada.

Reconozco que es una idea bastante loca, pero me gusta, y no hay razón para que no me la crea de vez en cuando. Claro que tampoco soy tan tonto como para exponerla en voz alta en la clase de física.

Por eso, no tiene sentido que la separada me dé cátedra de ciencias naturales apenas fantaseo un poco con la posibilidad del asesinato perfecto cometido por seres de antimateria, y me dicte una conferencia sobre lo absurdo de mis ideas. La mujer no logra captar que hay personas que, dependiendo del humor del momento, pueden pensar de dos maneras distintas –una sensata y la otra insensata– sobre la misma cosa. Sobre todo porque ella no ve con claridad qué es sensato, pero tiene muy claro qué es insensato. No se puede negar que es rico estar en la clase de matemáticas y soñar que va abrirse la puerta del salón y va a entrar alguien igual de desagradable que el profesor Frischmeier; esa persona se acerca al profe, le da la mano y, súbitamente, ambos se desmaterializan, sin dejar ni siquiera un montón de ceniza junto a la mesa del profesor.

Así también se puede entender quién le cae a uno bien de verdad. Cuando me imagino a mi prima Eva-Maria silbando por la calle –ella silba muy duro y muy mal– e imagino después a una Eva-Maria de antimateria que se le acerca a mi prima, no soy capaz de llegar al amargo fin de la desmaterialización. Siempre hago desaparecer a la antiEva-Maria a la entrada de una casa, poco antes de que llegue a donde Eva-Maria.

Y cuando uno no soporta ni una sola vez la posibilidad de desmaterializar con el pensamiento a alguien, es evidente que siente por esa persona una simpatía muy profunda. En el caso de Eva-Maria eso no es un milagro. Ella es prácticamente la única persona con la que me entiendo del todo bien. Con ella nunca tengo el problema del sube y baja.

El problema del sube y baja es la versión moderada del problema del pozo. Esa tonta sensación del sube y baja me da con todas las personas con las que converso seriamente, menos con Eva-Maria.

O estoy abajo y el que está en la otra punta del balancín no puede subirme, o pataleo arriba y no puedo bajar; en todo caso, no logro llegar al punto de equilibrio con nadie. Eso sólo me funciona con Eva-Maria: con ella me balanceo en un estupendo intercambio de pensamientos que, si se necesita, puede durar la noche entera.

Mi prima y yo con frecuencia dormimos los fines de semana en el mismo cuarto de la casa de campo de mi tía, porque nuestras mamás son hermanas que se quieren y comparten todo entre sí. También comparten la antigua casa que mi tía Erica compró porque quería "encontrarse de nuevo con la naturaleza". A mí no me interesa la naturaleza y sólo voy allí por Eva-Maria: para que no se aburra tanto y no se atrofie anímicamente entre la madre y la tía.

Mi tía piensa que su hija es demasiado joven para quedarse sola en la casa, pero eso es risible. Eva-Maria es un par de semanas menor que yo, y ya desde hace algunos años yo pasaba a veces todo el fin de semana solo en la casa, cuando mi mamá viajaba por motivos "semilaborales". Digo "semilaborales" porque en esa época no era independiente sino que tenía un jefe que era al mismo tiempo "su relación", y que, por desgracia, era casado, y ambos aplazaban su *love story* a fines de semana laborales, lejos de la esposa del jefe.

Pero mi tía es más terca que la hermana y con ella no se puede discutir prácticamente nada. Por eso Eva-Maria debe ir a encontrarse con la naturaleza a pesar de sus protestas, y yo viajo por solidaridad con ella. Sin embargo, hay una minúscula esperanza de escapar a los próximos fines de semana rurales. Mi tía Erica ha estrechado tiernos vínculos con el consejero ministerial Schaberl, y le gustaría mucho, me dijo en secreto la separada, invitarlo a la casa de campo, aunque tiene miedo de que él y su hija no se entiendan y Eva-Maria lo espante antes de afianzar la relación tanto que él ya no logre zafarse.

Así que supongo que en breve mi tía considerará a su hija lo suficientemente mayor para quedarse sola en la casa y alimentarse por sí misma. ¡No va a dejar escapar al consejero ministerial así no más! Quiere conseguir a toda costa un segundo marido. También en eso es diferente de la hermana. Dice que necesita "un hombro dónde apoyar la cabeza" y alguien "con quién compartir las cargas y las alegrías de la vida". Y dice que tampoco está tan vieja como para renunciar del todo al erotismo. Sólo que hay mucha escasez de hombres: los que sirven para algo ya están todos adjudicados, y ella no quiere buscar un ejemplar medianamente útil entre los desechos de otras mujeres.

Ha llegado al punto de sacar anuncios en el periódico para buscar amigos. Eva-Maria y yo hemos revisado días enteros los clasificados de todos los periódicos para identificar el suyo, pero en ninguna parte se hablaba de una mujer con exceso de peso y una hija de quince años. O bien ocultó su grasa y a su hija, o nosotros investigamos en los periódicos que no eran.

Que yo esté tan enterado de las preocupaciones amorosas de mi tía se debe a que las paredes de la casa de campo son muy delgadas. El cuartico donde duermen nuestras mamás está pegado al cuarto donde dormimos Eva-Maria y yo, y cada sábado por la noche, cuando mi tía se acuesta con mi mamá en la cama doble, saca lo que tiene adentro. Y no hay que pegar la oreja contra la pared ni espiar; más bien habría que taparse ambas orejas para escapar a su lamento.

Si fuera por mí, me metería tapones en los oídos para evitar las quejas nocturnas, pero entonces no oiría lo que Eva-Maria me dice. Además, ella quiere pescar cada detalle de los informes maternales; es lógico que no le sea indiferente si la mamá se queda sola o si mete en la casa a cualquier tipo como sustituto del padre.

Claro que no tendría que ser cualquier tipo. Pero, ¿por qué debería un hombre razonable posar sus ojos sobre mi tía? Como mucho, se podría entusiasmar con ella alguien aficionado a los perros dogos, porque la mujer tiene la cara superchata. Y además parece brava. Eva-Maria heredó un poquito de eso, pero muy, muy moderado. En ella, la cara chata produce un efecto adorable. Ojalá que con la edad no le vaya a salir el mismo bigote de la mamá. Mi tía se aplica cada tres semanas un emplasto en el bigote, lo deja secar y luego se lo arranca dando un grito salvaje y eliminando así todos los pelos negros y las raíces; pero a los pocos días vuelve a brillarle el negro en el labio superior.

## 3

*De la peculiar reacción de
la separada sobre mi gran
problema,
cuando yo todavía lo
ignoraba.*

Me gusta mi prima Eva-Maria de un modo inquietante. Además ella me deparó, por supuesto con toda inocencia, el problema más complicado de mis quince años de vida.

Hace un par de semanas llegó a mi casa pedaleando –ella vive a un par de cuadras de donde yo vivo– para que le ayudara a hacer la tarea de alemán. Como había decidido reseñar *El Principito* y a mí ese libro no me gusta, no pude ayudarle. *¡Sorry!* Esa filosofía en el desierto me parece supercursi. Pero como la mayoría de las personas que considero muy inteligentes juzgan el libro de una manera muy distinta y hablan maravillas del pequeño príncipe, no me atreví a imponerle mi opinión a mi prima.

Ella tampoco se lo tomó a lo trágico y dejó el problema de la reseña para la semana próxima. La tarea era para dentro de quince días y ya se le ocurriría algo apropiado. Además, tenía que tratar conmigo un asunto mucho más importante: ¡el color de su pelo! No quería seguir teniendo la cabeza castaña oscura, pero no lograba decidirse entre rubio platino, rojo rubí o negro cuervo. Y un cabello con mechones verdes, rosados y violeta, si bien no le parecía mal, daría a entender que compartía una concepción del mundo que no era suya y podía generar equivocaciones desagradables. Por eso, yo debía aconsejarle cuál color iba mejor con su tipo, porque era la única persona que "había captado su personalidad en todas sus dimensiones".

Me quedaba difícil darle un consejo espontáneo. Aunque el pelo de mi prima es color perro salchicha, no veía la necesidad de ver cabello de otro color alrededor de su simpática cara. Pero me acordé de que mi mamá tenía varias pelucas que había usado en su juventud, cuando estuvo de moda ponerse una distinta cada día, como una gorra con borla.

Fui a buscar las pelucas y las encontré en el cuarto de los trastos, en una caja empolvada.

Eva-Maria se las probó todas y quedó frustrada porque no se veía "de ataque" con ninguna. ¡Yo estaba de acuerdo! Después me puso a mí una peluca de rizos largos y negros, y no pudo contener su entusiasmo al ver "qué hermosa me veía". Para perfeccionar mi estilo me aplicó lápiz labial, rubor y sombras de ojos. Luego me embutió en su minifalda roja y su suéter rosado lechón, me acomodó dos pelotas de tenis como senos artificiales, y tuve que dejarme poner sus zapatos verde veneno, con tacones de seis centímetros. Me hizo posar como *Teenny Model* y me tomó una docena de fotos con su Polaroid.

Las fotos salieron muy bien y mostraban a una lindísima *sexy girl*. Eva-Maria comentó que, si quería, podía hacer pasar a la persona de la foto por mi hermosa hermana gemela.

La idea era perfecta para hacerle una broma a Michael, mi compañero de pupitre, que sólo piensa en hacer conquistas. Ir juntos en el tranvía, si va una mujer, es vergonzoso. "Tengo que conquistarla", es lo que dice, y se abre paso a codazos hasta la desprevenida persona, se le sienta al lado y le habla como un idiota. Y cuando el tranvía está repleto busca rozar a las mujeres con el cuerpo, y eso que una vez se ganó un buen regaño de una joven valiente.

Por eso construí una increíble historia de una hermana gemela perdida y vuelta a encontrar, que había vivido con mi padre ausente sin saber nada de mí, pero cuya existencia yo presentía vagamente. "¡Es como si me faltara mi otra mitad!", le dije al tonto de Michael. Ese tipo de comentarios estúpidos se ajusta a su modo de pensar. Iba a ponerle las fotos como carnada. Seguro que mordería y querría conocer a la hermosa señorita, mi hermana gemela. Michael no tiene tantas neuronas como para saber que los gemelos idénticos son del mismo sexo. Lo habría engañado, alimentando sus esperanzas, y él habría sido todo el tiempo superamable conmigo para lograr acercarse a esa "hembrita", como se dice en su jerga de macho. Pero al otro día la idea me pareció demasiado infantil y dejé quieto el asunto.

El paquete de fotos quedó sobre mi escritorio, donde lo descubrió la separada unos días después, cuando entró en mi cuarto a comunicarme que pasaría la noche fuera de casa.

Perpleja, clavó la vista en las fotos, tomó una y dijo:

–Estas no las conozco. ¿Son del último carnaval?

Sin pensarlo, le contesté:

–No, es que me gusta vestirme de mujer.

Pero en realidad quería agregar: "Lo más seguro es que me vuelva travesti". La primera parte del mensaje fue suficiente. Se puso blanca alrededor de la nariz, dejó caer la foto que tenía en la mano y ésta revoloteó hasta el piso. Me miró como si yo fuera un extraterrestre.

"¡Qué tal!", pensé. "¡Se lo toma en serio!" Eso me sorprendió, pero pensé que se lo merecía porque dos horas antes, en la guerra cotidiana, fui yo quien tuvo que irse de la sala dando un portazo.

No le di explicaciones y miré tranquilamente cómo se agachaba a recoger la foto, la ponía sobre el escritorio, daba vuelta en silencio y salía de mi cuarto. Sin dar un portazo, pero evidentemente golpeada.

Dos días después llegó en su bicicleta mi prima Eva-Maria y me contó, muy agitada, que nuestras mamás estaban desde anteayer al mediodía en contacto telefónico ininterrumpido. Su madre le pedía que se saliera del cuarto cada vez que mi madre llamaba. Y cerraba la puerta antes de empezar a hablar con mi madre. Pero mi prima había espiado a pesar de la puerta cerrada, y se había enterado del tema de conversación de las dos hermanas. ¡Mi mamá temía que yo fuera homosexual! Y hoy, después del trabajo, tenía una cita con un sicólogo para pedirle consejo.

–Suficiente –le dije a Eva-Maria–. La pobre mujer ya sufrió bastante, ¡y además una consejería sicológica larga le puede salir muy cara! Mejor que invierta el dinero de otro modo, así que cuando vuelva de donde el consejero de almas le voy a aclarar todo –Eva-Maria me miró de una manera bastante rara–. ¿Pasa algo? –le pregunté.

–N–N–no –contestó ella.

–Pero suena a que sí –dije yo.

Dudó un poco, y después dijo:

–A lo mejor sí.

–¿Qué? –le pregunté.

Contestó que la mayoría de los muchachos de mi edad se hubieran opuesto rotundamente a posar ante una cámara con peluca de rizos, maquillaje, trapos de mujer y senos de pelotas de tenis. Ella había ensayado con varios amigos y todos se habían negado, indignados. Pero era evidente que a mí me había hecho mucha gracia, y por eso se podía concluir que era homosexual. O por lo menos bisexual. Según había leído, en el fondo todo ser humano es bisexual, sólo que la educación lo reprime. Los antiguos griegos no tuvieron escrúpulos y entre ellos

los hombres se relacionaron abiertamente con hermosos jóvenes. Y las mujeres con las mujeres. ¡Eso se sabe por Safo! Y ser homosexual o lesbiana no es tan raro como creen las personas de mirada estrecha. Supuestamente en nuestro país hay tantos homosexuales como gatos, y eso es un montón, por lo menos un millón. Ella misma no sabía exactamente si era hetero, bisexual o lesbiana, porque todavía no había tenido la oportunidad de comprobarlo. Pero sería muy bueno que pudiéramos aclararlo antes de casarnos y de tener hijos, para no tener que reprimir nuestras verdaderas inclinaciones hasta que salieran a flote, cuando tuviéramos treinta o cuarenta años de edad, porque entonces pareceríamos un par de bobos: yo como un padre homosexual con esposa y ella como una lesbiana con marido.

Al principio pensé: "¡Ay, no! ¡Se enloqueció la única persona cuerda que conozco!" Sacudí la cabeza y le pregunté:

–¿Qué te pasa? ¿Te dieron un folleto de los Hosi y lo entendiste mal, o qué te picó? –Hosi es la abreviatura de Iniciativas Homosexuales, un grupo que se reúne a un par de casas de donde yo vivo.

–Era sólo una idea –dijo Eva-Maria, pero con una mirada muy extraña, añadió–: ¿Por qué te molestas tanto? ¿No estarás reprimiendo algo?

Desde ese día no ha vuelto a decir nada sobre "su idea", pero a mí ya no se me sale de la cabeza. Claro que no ocupo mis diecisiete horas de vigilia meditando cómo está constituida mi sexualidad, pero no pasa casi ningún día sin que el tema me invada la mente un par de veces. Y eso es irritante para una persona que quisiera tener libre la cabeza para pensar en otras cosas.

## 4

*De un malentendido
lingüístico,
el círculo íntimo de los
cabezas huecas en la
casita del huerto
y la verdadera razón para
orinar solo.*

Claro que ya traté de probarme sexualmente. Por un ojo de la cara me compré dos revistas pornográficas bien gruesas, una con mujeres desnudas y la otra con hombres desnudos. Pero no fue mucho lo que me aportaron porque ni los hombres ni las mujeres me condujeron a un éxtasis erótico especial. Yo mismo no podría decir, después de haber hojeado varias veces las revistas, si uno de los dos sexos dio más alas a mi fantasía erótica que el otro porque nada allí me dio alas, aparte de hacerme pensar por qué los hombres estaban tan aceitados y las mujeres tan empolvadas. ¡Fue un dinero tontamente desperdiciado!

Voy a tratar de vendérselas bien baratas a Michael, que colecciona revistas para masturbarse. Pido disculpas por este lenguaje tan poco elegante, pero ése es el tono que se usa en mi clase. Así se habla cuando no hay mujeres presentes.

Hay también un "círculo íntimo" de unos cuantos compañeros que se gastan una manera de hablar todavía menos elegante, cuando se reúnen en los recreos en una esquina del patio del colegio "para no pervertir a los bebés de la clase".

Obviamente yo soy uno de esos bebés.

Michael asegura que ese grupo va una vez por semana a masturbarse colectivamente en la casa del huerto de la abuela de Anatol. ¡Obviamente la abuela no está cuando van! Allí se supone que tienen montones de vídeos porno que toman sin permiso de la mesita de noche del padre de Anatol, los ven en cuclillas sobre colchones inflables y se divierten juntos.

Alexander le habló en secreto a Michael de estas reuniones, y le prometió hacer lo posible para que lo admitan en esa liga de orgías. Y Michael me dijo que cuando él entre al grupo va a proponerme como invitado. Pero yo me negué dándole las gracias. En primer lugar, no termino de imaginar que en todo esto haya mucho de verdad. Y en segundo lugar, en caso de que fuera cierto, me parece bastante cómico: una banda de muchachos en cuclillas delante de la pantalla del televisor, a lo mejor también en sillas turcas, manoseándose los genitales y produciendo en coro gemidos de placer, no es algo que haya que tomar en serio.

Tampoco hay que tomar en serio al grupo que tiene como fundadores a los cuatro valientes que desde el primer año de bachillerato se reunían en el parque después de las clases, detrás de los arbustos de saúco, a "orinar en cruz". Se paraban allí, unos enfrente de los otros, en los extremos de un cuadrado imaginario con lados de ciento ochenta centímetros de largo, y soltaban sus chorros. El objetivo de esta representación en público era que los cuatro chorros de orina no chocaran en la mitad del cuadrado imaginario, sino que pasaran por encima o por debajo de los demás. No sé si les resultaba, porque a mí sólo me permitían estar entre los espectadores de atrás, en la tercera fila, y nunca pude enterarme bien de lo que pasaba. Y el asunto me interesaba muchísimo. Menos por la acción de los chorros de orina, que por el tamaño del pipí que los producía. Qué tan largo y ancho debía ser para estar orgullosos de él era un tema constante entre los de mi curso.

Si mal no recuerdo, el color también importaba. En todo caso, Ottokar decía con orgullo que "el suyo" era café y no rosado bebé como el de nosotros. Y como el mío no era ni siquiera rosado bebé sino jaspeado de blanco y un azul delicado, me avergonzaba mucho.

Habría preferido orinarme en los pantalones antes que a plena luz del día y en presencia de mis compañeros de clase.

A eso se sumaba que en esa época estudiaba con

nosotros un gordo (que afortunadamente ya se pasó a otro colegio) que siempre me apretaba la nariz entre los dedos pulgar e índice y me la sacudía, y después se echaba a reír y decía:

—¡Ja, ja, ja! ¡El que es chiquito, sólo tiene un chito!

Pero en esa época yo no conocía esa forma de decirle al órgano sexual masculino. Ingenuo, pensaba que era una expresión coloquial para referirse a una nariz graciosa.

Y había en la expresión algo que me agradaba. Por eso un día que tenía un catarro terrible y la nariz roja de tanto sonarme, le pregunté a la separada:

—¿Tienes una pomada? Mi chito gotea y está muy rojo y arde.

Ella empezó a decir que eso era terrible, que tenía que ver a un buen médico. Iba a pedir ya la cita —no podíamos aplazar algo tan grave y el médico familiar no sabría tratar ese caso—, ¡y debíamos ver a un especialista!

Sin entender semejante escándalo por un catarro, me negué a ir al médico, traté de tranquilizarla y le dije:

—No exageres, mami. Mira que casi todos en la clase están así desde hace días. Seguro que me lo pegó Verena —la mujer me miró como si fuera a desmayarse. Y como todavía no estábamos en pie de guerra y éramos una familia unida, me preocupé, tomé sus manecitas y le pregunté, asustado—: Mamita, ¿qué te pasa? ¿Te sientes mal?

Sin culpa estornudé sobre su blusa nueva de seda gris clara y se la llené de mocos, y le dije, disculpándome–: Lo siento, mamita, pero hoy no tengo el chito bajo control.

Su mirada se volvió más o menos normal porque se dio cuenta de que su hijito estaba confundido. Me aclaró, con mucha delicadeza, que esa palabra no se refería la nariz sino que es una expresión tonta para el pene. Yo le expliqué por qué me había equivocado y ella me soltó un discurso, dijo que es una idiotez machista generalizada juzgar la capacidad de amar según el tamaño del pene, pero que eso es completamente falso, y que "hacer el amor" involucra cualidades bien distintas del ridículo largo en centímetros. Se puso a decir un montón de cosas, pero la verdad es que le entendí muy poco y tampoco me interesaba, y sólo capté lo que añadió en el tono que usa cuando me quiere consolar, con la misma mirada de siempre: que si algo de eso tenía que ver conmigo, no debía preocuparme si mi pene no tenía el largo que generalmente se espera de un pene respetable. Como es lógico, eso desconcierta a un muchacho en el que nada tiene el tamaño que generalmente se espera de alguien de su edad. Y entonces él piensa, ya con claridad: "Sería un milagro que no fuera así".

Desde ese día no volví a exponer la parte más íntima de mi cuerpo a la mirada de ningún compañero, algo nada fácil de hacer en el colegio porque los hombres orinamos no en baños individuales con puerta, como las mujeres, sino parados uno al lado del otro contra orinales en la pared. Por eso, cuando tengo ganas de ir al baño, salgo corriendo apenas suena la campana para alcanzarme a subir la bragueta cuando los otros apenas entran en el baño, o espero al final del recreo y entro en el baño cuando los demás ya han vuelto a la clase.

Ambas variantes me hacen ganarme regaños de los profesores, que dicen: "¡Sebastián, la campana del recreo no le pone fin a la clase, sino el maestro!" O exclaman: "¡También el joven Sebastián podría acostumbrarse a llegar a tiempo a la clase siguiente!"

Los profesores ya le han dado quejas a la separada. Y como sólo pueden pensar de una manera, decidieron que soy un fumador empedernido que no se aguanta las ganas de fumarse otro cigarrillo o que no puede apagarlo cuando suena la campana para volver a la clase. Eso es absurdo pues nunca en la vida he fumado y odio ese vicio. Es más, cuando viajo a la casa de campo con la separada y su hermana, ambas viciosas, la humareda me da ganas de vomitar.

La separada ha tratado de aclararles eso a los del colegio, pero dudo que le hayan creído. Tiene fama de "defender a su hijo ciegamente", algo que ya he tenido que oír varias veces. Ayer lo volví a oír, cuando el profesor de matemáticas me dijo después de que supuestamente fui descarado: "Llamar a tu madre no tiene sentido, porque ella te considera un genio".

Aunque eso no es cierto, explicárselo a ese tonto no me corresponde.

## 5

*De peras de invierno y frutas
caídas, una profesión fuera
de lo común
y las consecuencias de esto
para el tiempo libre de un
muchacho.*

Me desvié totalmente del tema. Volvamos
a las revistas pornográficas, costosas como
un pecado, que no me dieron luces sobre
mi sexualidad. También consideré la posibilidad de no tener ningún impulso sexual, o
uno muy poco desarrollado, pero descarté
la idea porque mis horas nocturnas me habían demostrado con frecuencia lo contrario.
Claro que mi sexualidad sólo tenía lugar
durante el sueño, posiblemente acompañada
de pasajes apropiados, de los que nunca me
logro acordar por la mañana; sólo mis sá-
banas de lino, con manchas tiesas, son tes-
tigo de lo sucedido.

Como siempre, me consolaba diciéndome: "Muchacho, tú eres potente. ¡Sólo que en tus horas de vigilia el papel no da nada! ¡Tú no necesitas fotos! ¡Necesitas cuerpos reales! ¡Y todavía no estás en la edad de tenerlos a tu disposición!"

Y con esto me tranquilizaba otra vez, de alguna manera: "Muchacho, todavía eres joven. Sólo que tú maduras más despacio que tus compañeros. Eres como una pera de invierno, que sólo se vuelve jugosa al final del año, y los estúpidos de tu clase son frutas de verano maduradas antes de tiempo, que estarán agujereadas, agusanadas, roídas por las avispas y podridas por dentro cuando tú desarrolles plenamente tu aroma".

Tranquilizado de esta manera, ya no tuve que reflexionar tres veces al día si yo, para permanecer en la metáfora, era una manzana en lugar de una pera. Y así, pude dirigir mis pensamientos otra vez a mi tema preferido: la filosofía. La filosofía es muy importante para mí. Desde que tengo seis años quiero convertirme en filósofo. Al principio eso fue sólo un error, uno muy tonto. Es evidente que los errores tienen para mí más valor que para otras personas, seguramente porque al pensar más, también se producen más errores.

Yo sólo quería ser un simple jardinero.

Mi bondadosa abuela vivía todavía en ese tiempo, y tenía un muy viejo amigo que era dueño de un pequeño invernadero donde cultivaba filodendros, que vendía al por mayor a un comerciante de flores. Los filodendros son esas plantas de raíces aéreas y hojas acanaladas, que al nacer son de color verde tierno y luego se desarrollan vacilantes, algo que sólo se ve si uno tiene la suficiente paciencia. Mi abuela me llevaba una y otra vez al invernadero. El amigo jardinero se sentaba con ella entre todo ese verdor y ellos hablaban sobre Dios y el mundo, la vida y los hombres, la moral y la inmoralidad, el pasado y el futuro, los deseos insatisfechos y las inevitables desilusiones. Y cuando volvíamos a la casa en el tranvía, a veces me decía: "Sabes, Sebastián, ese hombre es un auténtico filósofo".

En mi cabeza de niño se mezclaban las palabras "filósofo" y "filodendro", y pensaba que el que cultivaba filodendros era un filósofo. Y como el oficio me parecía divertido y fácil, lo concebí como un futuro tranquilo. En seis meses ya se me habría ocurrido otra profesión, pues los niños de seis años viven cambiando de idea sobre lo que quieren ser cuando grandes. Pero cuando alguien me preguntaba, "Bueno, ¿y tú qué vas a ser cuando grande?", mi respuesta tenía un éxito increíble: "Yo voy a ser filósofo".

Así que permanecí fiel a ese deseo. A un enanito le gusta que le celebren lo que dice, aunque no me di cuenta de que al hacerlo la gente sonreía con sarcasmo. Seguramente pensaban que era una "simpática precocidad infantil".

Un día yo mismo descubrí que un filósofo no es un jardinero, porque vino a visitarnos un filósofo. Era una de las muchas breves relaciones amorosas que mi madre cultivaba en ese tiempo. Después de que se sentó en la sala y se tomó la ginebra con tónica y limón, le pregunté cuál era la mejor manera de lograr que al tallo cortado de un filodendro le salieran raíces rápidamente, y quise saber si nuestra aseadora tenía razón cuando afirmaba que un cubito de azúcar y una aspirina aceleraban el proceso. Él dijo que lo sentía mucho, pero no tenía idea de esas cosas, que lo mejor era preguntarle a un jardinero.

Y mi madre me dijo: "Sebastián, él no sabe nada de eso, es un filósofo, y los filósofos sólo piensan. ¡De resto son extraños a la vida!" Y mientras hablaba, le halaba juguetonamente una oreja.

¡Me di cuenta de que algo no encajaba! A hurtadillas, me fui al estudio a consultar el diccionario de veinticuatro tomos, y busqué bajo "Filosofía". Un montón de cosas incomprensibles para mí llenaban las columnas, pero pude darme cuenta de que no había ni una sola palabra de jardinería. Irritado, abrí en "Jardinería", y lo que encontré era comprensible a medias, pero no incluía ni una sola palabra de filosofía. Saqué entonces la aguda conclusión de que me había desviado intelectualmente.

De todos modos insistí en querer ser filósofo, porque si hubiera cambiado mi vocación profesional de un día para otro y me hubiera transformado en un futuro jardinero, me habrían preguntado por qué. Admitir equivocaciones no es mi fuerte, y nunca habría querido reconocer el error.

Pero de ahí en adelante me sentí forzado a tratar de entender algo de la profesión que había escogido. Hasta donde me logro acordar fue difícil, no más porque varios de los libros de las estanterías de mi madre, con los que traté de volverme experto, tenían la letra diminuta y los renglones muy pegados.

Un niño de primaria no lee esas cosas, y mis recuerdos sobre lo que leí son muy vagos. Creo haber hecho como el que aprende a nadar solo, sin profesor, y no se ahoga en aguas profundas sino que rema alrededor, pero nota que su estilo es peculiar y no tiene reconocimiento.

Ya no puedo decir que remé en los primeros años de mi carrera de filósofo, pero hace poco, cuando por orden de nuestra aseadora saqué de debajo de mi cama la enorme caja de cartón empolvada –porque Svetlana quería impregnar también esos dos metros cuadrados del parqué con una cera maloliente– encontré, al revisar el contenido de la caja, un pequeño cuaderno azul. Sobre la pasta estaba escrito en rojo, con mi letra de escolar: *Philosophia*. En la primera página decía en caligrafía: "La filosofía es el amor a la sabiduría". Y en la segunda hoja, también muy bien escrito, como si fuera un álbum de poesía, decía: "Solamente Dios es sabio. Los hombres sólo pueden aspirar a volverse sabios".

Y debajo, menos bonito que en un álbum de poesía y escrito otro día con una pluma distinta: "Pero si no existe Dios, nadie es sabio y entonces no existe tampoco la sabiduría".

Todas las demás páginas, hasta el final, estaban vacías. En la última página, escrita a lápiz, estaba esta frase: "Filosofía es el arte de pensar". Y debajo, entre paréntesis y con cinco signos de interrogación, decía: "¿Y qué es el arte?"

No es que en ese tiempo no hubiera pensado más cosas, sólo que escribía con pocas ganas. Era lento y los dedos me dolían por culpa del estilógrafo. Soñaba que alguien iba a inventar una máquina que escribía al mismo tiempo que uno pensaba.

Una vez le hablé de eso a mi mamá y ella opinó que debía grabar, porque era más rápido que escribir; oír después el casete y controlar la exactitud de las palabras era menos exigente que leer. Desde hace años ella trabaja así: graba todo y sus secretarias lo escriben después en el computador.

Mis intentos de grabación fueron un fiasco y me deprimieron horriblemente, porque descubrí que mis pensamientos habían sido muy pocas veces frases razonables. La mayoría fracasaba en el camino del cerebro a la boca: lo que había considerado un pensamiento tan claro como el cristal, se convertía en una frase confusa, cuando no en una cháchara sin sentido. Y me desagradaba mucho mi voz, tan débil y extraña.

Por lo menos eso es lo que recuerdo, porque no conservo las grabaciones: de pura frustración borré todos los casetes después de haberlos oído.

## 6

*De una sabiduría adquirida
en un programa de televisión
y de una prueba cercana a la
vida y, por lo tanto,
condenada al fracaso.*

Que yo no le haya dicho adiós a la filosofía, abrumado por las dificultades que me producía, y haya decidido volverme astronauta, conductor de Fórmula 1 o actor de vídeos se lo debo a una noche en que estaba sentado frente al televisor con la separada. Discutían algo que tenía que ver con "la juventud hoy en día". No me interesaba la cháchara, porque cuando seis ancianos de ambos sexos se sientan a hablar inteligentemente sobre la juventud, me da ira. ¡Nadie de mi edad les había dado permiso! Además, nunca me embobo mirando TV en la misma habitación que mi madre. Cuando ella ve televisión y yo también quiero hacerlo, me voy a mi cuarto, aunque mi televisor tiene una pantalla diminuta en blanco y negro. Así queramos ver el mismo programa siempre hago eso, ¡porque ella no puede mirar en silencio! No para de comentar lo que está viendo, o anticipa lo que vamos a ver o, peor aún, habla de algo distinto.

Seguramente el destino me hizo sentarme ese día en el sofá junto a la separada. Participaba en la discusión un hombre muy viejo, apuesto, con una barba muy blanca, que peleaba con los demás porque era el único que no tenía nada que reprocharle a la juventud de los años noventa y que, además –ya se me olvidó el contexto en lo que lo dijo–, comentó: "Cada hombre hace filosofía, aunque él lo sepa y lo quiera, o no".

La frase me dejó deslumbrado. Salté del sofá, corrí a mi cuarto y la escribí en un pliego de papel, con letras grandes en marcador, y luego pegué el papel sobre la cabecera de mi cama.

Han pasado dos años y el papel sigue allí. Cada noche, al acostarme, miro fijamente la frase y me fascina igual que el primer día.

Lógicamente la separada se ha burlado varias veces de mi frase. Dice que no hay que convertir la filosofadera en algo tan simple: ¡la filosofía es un acto consciente! Según la tesis en el papel, cualquiera se podría acostar en un lecho blando, cerrar los ojos y no pensar en nada aparte del tranquilizador "Qué maravilla, en este momento se está filosofando dentro de mí".

Yo no respondo a sus observaciones malévolas. Además, desde hace mucho tiempo me acostumbré a esconderle mis mejores ideas y sentimientos. Objetivamente hablando, ella no es ni tonta ni inculta. Pero, en primer lugar, tiene la tendencia a usar contra mí, descaradamente y según la necesidad, todo lo que le he confiado, y en segundo lugar, ¡es un colador! No puede guardarse nada, ¡todo se le sale sin filtro! No es capaz de ser discreta, ni siquiera con los simples conocidos. Lo que se le cuenta, lo repite a las demás personas. Claro que ella no lo acepta. Pero de niño siempre me dolió esto: cada persona que ella conoce sabe de mí lo mismo que ella sabe de mí.

Un pequeño ejemplo: Yo tenía diez años, acababa de empezar el bachillerato y me tenía hechizado la joven profesora de música que nos ponía grabaciones de pop, rock y jazz, y nos hablaba de esos temas. Como quería que sus alumnos la llamáramos por el nombre, Desirée, hablé varias veces de ella en la casa, soñadoramente. Una vez que fui al trabajo de mi mamá y tuve que esperarla porque estaba atendiendo a alguien, la secretaria me contó que esperaba un bebé, que le gustaría que fuera niña y que si eso era así, le pondría Mercedes. Le pregunté por qué no le ponía BMW o Golf, y ella me contestó con impertinencia: "Bueno, seguramente Desirée te diría mucho más que yo". Y se rió como una tonta.

Se podría decir que eso no es nada especial. Las madres no dejan de hablar de los hijos, según el dicho: "Al que tiene el corazón lleno, se le va la boca". Niños menos quisquillosos que yo perdonan esos deslices, pero para mí es un auténtico abuso de confianza. Y cuando le hice el reclamo, me dijo que ella nunca cuenta "las cosas serias", ¡o sea que no toma en serio el noventa y nueve coma nueve por ciento de lo que le cuento!

Pero olvidémoslo, que eso es nieve de anteayer. A propósito de anteayer: hace dos días decidí probar mi idea de que si bien los cuerpos desnudos sobre el papel no me estimulan sexualmente, puede que los cuerpos vivos sí. Como no quería enfrentar solo esa posibilidad, llamé por la noche a Eva-Maria y le pregunté si quería ir a pasear al centro. No tenía muchas ganas, pero aceptó, y nos encontramos en la estación del metro.

–¿Qué quieres hacer? –me preguntó.

En el brillo curioso de sus ojos se podía ver que para ella era claro como el sol: "Mi primo tiene hoy en mente algo especial". Por lo tanto, no di más rodeos y le dije:

–Quiero ver un prostíbulo de hombres.

Levantó la ceja izquierda y preguntó:

–¿Por qué de hombres?

Le contesté:

–Para ver si la oferta o la demanda masculina me animan sexualmente.

–¿Por qué verlo en el nivel más bajo? –preguntó ella.

–Porque cuando se mira desde el nivel más bajo – le expliqué yo–, se aprecia un problema en su totalidad.

No estuvo de acuerdo:

–Lo que es transparente desde abajo, también lo es desde arriba.

La contradije:

–La mirada se enturbia en el cuadrado de la

distancia. Para reconocer con exactitud la base tienes que investigar desde abajo.

–¿Y por qué debe ser la base lo más importante en un problema?

Como nunca es tan lenta para entender, tuve que ser directo:

–Muy sencillo: si un prostíbulo de hombres no me molesta, sería un indicio tan claro como sentirme atraído por un muchacho de nuestros inocentes círculos de amistades.

Ella se burló:

–Y si después visitamos prostíbulos de mujeres y allí tampoco te sientes mal, no tendrás más claridad que antes.

El metro llegó a la estación y Eva-Maria y yo nos subimos. Estaba casi desocupado y pudimos seguir la discusión, yo golpeándome el pecho y exclamando:

–¿Qué haría yo en un local de prostitutas, aparte de dejarme decir por una madre superiora con mallas que me debo sonar la nariz y regresar a donde mi mami?

Mi prima me miró rápidamente, se dio cuenta de que mi pregunta no necesitaba respuesta, y quiso saber:

–¿Dónde queda ese local de hombres?

–En cualquier buen baño público del centro –lo había leído en el periódico y había oído a Alexander decirle en clase a Michael que en el baño junto al bar de Cindy un yuppi homosexual, con peinado a lo Rodolfo Valentino, le había hecho una propuesta indecente. Añadí–: En todo caso, en el baño del bar de Cindy.

–¡Pero allí no puedo entrar yo! –protestó ella.

–Entonces me esperas afuera –dije yo.

–No me gusta esperar –dijo ella.

–Tranquila, que luego tendrás que tomarme de la mano.

Nos bajamos en la estación Karlsplatz, pasamos medio kilómetro de pasajes con almacenes y subimos por la escalera eléctrica.

Creí que sería fácil encontrar el bar de Cindy, pero me equivoqué. No he estado muchas veces en el centro de la ciudad y, de alguna manera, las calles se me confundieron. Después de andar por ahí más de media hora, buscamos una cabina telefónica y abrimos el desbaratado directorio en la letra C. Con la dirección correcta pudimos llegar al baño en la pequeña plaza al lado del bar. Era una caseta en el sótano, con salidas separadas. Dimos una vuelta alrededor. Yo hubiera dado una segunda vuelta de inspección, pero Eva-Maria me preguntó, mordaz:

–¿Tienes que correr para calentarte?

Entonces la acompañé a un banco en la mitad de la plaza para que se sentara a esperarme. Después bajé los dieciséis escalones que conducían al baño de los hombres. Las rodillas me temblaban un poco, pero pensé que sólo temblaba interiormente y no se me notaba.

Al entrar, sentí un olor dulce a fenol y también un olor agrio a sopa de verduras. En una pared de azulejos vi dos máquinas automáticas de condones y al frente una báscula anticuada. Encima de una de las máquinas de condones había un letrero que decía: "Fuera de servicio".

Los orinales ocupaban dos paredes y en la otra pared había cuatro puertas que daban a los inodoros. En ellas había aparatos para monedas, pero ninguna estaba bien cerrada; dos estaban medio abiertas y en las otras dos se veía una ranura.

Un hombre estaba orinando. Él no se volvió a mirarme. Indeciso, pensé: "Voy a meterme en un baño para ver qué hacer". Entré en uno de los que tenían la puerta medio abierta y la cerré. Un segundo más tarde ya la había vuelto a abrir, porque en la taza había un montón gigantesco y casi negro, coronado con un pedazo de papel periódico rayado con marrón. Huí de esa porquería y traté de entrar en el otro baño que tenía la puerta medio abierta, pero alrededor de la taza vi una laguna amarilla y brillante en la que se habían ahogado varias colillas de cigarrillos. Eso no me animó a quedarme allí, así que busqué suerte en la tercera puerta. La empujé. Un muchacho que estaba sentado en la taza me miró con ojos de borracho y me preguntó si tenía una moneda de veinte. Aunque era casi de mi edad, le faltaba uno de cada dos dientes. Y hasta donde se veía, tenía los brazos tatuados de rojo y negro. Busqué en el bolsillo del pantalón y por desgracia saqué una moneda de cincuenta. Me dio vergüenza volverla a guardar y se la di; balbuceando, dijo que yo era una "buena piel".

Mientras tanto, el hombre que estaba contra la pared, que ya había terminado de orinar, vio mi generosidad y se enojó. ¡No debía desperdiciar en esa chusma el dinero de bolsillo que mi padre se había ganado con el sudor de su frente! Debía limpiarme en la casa, no en ese baño, donde acechaba la drogadicción. Después renegó contra el tipo del baño, que gritó que lo dejáramos en paz, que ya se sentía bastante mal. A mí me dio mucha vergüenza pero no quise claudicar tan rápido. Apreté los dientes y traté de meterme en otro baño, pero apenas empujé la puerta unos centímetros, sentí resistencia. El indignado regañón interrumpió las quejas y me dijo: "Alguien se echó a dormir ahí". Miré el suelo y me di cuenta de que tenía razón. Las puertas de los compartimientos no llegaban hasta abajo. Entre el suelo y el borde inferior de la puerta había un espacio por donde se veía una tela a cuadros verdes y amarillos, tensa. La empujé un poquito con la punta del zapato. Lo que había debajo de la franela cedió elásticamente. ¡Podía ser la barriga de un tipo! Fue suficiente para mí. Salí del baño y subí corriendo los dieciséis escalones. Eva-Maria no estaba en el banco sino junto a la puerta.

–¿Cómo te fue? –me preguntó.

–Olvídalo –le dije, alejándonos de los baños y respirando profundamente–. ¡Nada distinto de mierda y orina!

–Nada asombroso en un baño –se rió ella. Después me contó, muy divertida, que mientras yo vivía mi frustrante experiencia ella había recibido ofertas deshonestas de dos señores mayores. Además, había visto que en los castaños, al final de la placita, dos hombres mayores le hablaron a un joven; el primero se había ido solo y el segundo con el muchacho. Ella no tenía experiencia en esas cosas pero creía que el prostíbulo del baño se había trasladado a los castaños. Y si quería pararme debajo de los castaños tenía que ir solo, porque ella se iba a ir a comer helado. No tenía ganas de helado pero caminé obediente con ella y dejé que pagara mi *peach melba* porque mi moneda de cincuenta se había quedado en el baño. En medio del deleite soltó la cuchara, me miró con sus ojos azules, levantó el dedo índice y dijo:

–¡Que sea una lección para ti! Es mejor vacilar antes que...

Fue una impertinencia decirle eso al pensador galáctico de su generación, pero no inmerecida. Ya no entendía qué había pensado sacar yo de ese *tour* por los baños de hombres.

# 7

*De una maquinista y un maquinista subordinados a la "máquina trivializadora estatal" y del comportamiento inteligente de la separada.*

Hoy pasó en el colegio algo extraño, algo que no puedo calificar de otra manera. Teníamos clase de historia y la profesora Kieferstein estaba hablando de libertad, igualdad, fraternidad y cómo, en su opinión, en la Revolución Francesa todo se agitó y esos valores sublimes fueron mal utilizados. Yo me elevé, inspirado en el periódico que hojeaba debajo del pupitre. El de ese mes, de dieciséis hojas, traía tiras cómicas de alumnos que se creían buenos dibujantes, aunque eran horribles, y desde el punto de vista gráfico eran lo peor de lo peor en periódicos humorísticos baratos. Pensaba cómo era posible que criaturas medianamente razonables dibujaran algo tan feo y encima de todo lo creyeran digno de publicarse, y cómo los compañeros de la redacción imprimían esas cosas sin disculparse con el lector. Llegué a la conclusión de que la creatividad humana, independientemente de si se trata de dibujar, escribir, componer música, bailar o cualquier otra cosa, se acaba al ingresar al colegio. Y eso no pasa sólo con los talentos inspirados por las musas, sino también con la capacidad de pensar, porque ésta necesita la fantasía. Los colegios son, simplemente, la institución estatal donde entrenan a los hombres en la mediocridad. Entonces se me ocurrió la expresión más adecuada para definirlos: "máquinas trivializadoras". Cuando estaba pensando en eso, refunfuñó la profesora Kieferstein:

—¡Sebastián, bájate de las nubes y atiende!

Yo le contesté:

—Está bien, señora maquinista trivializadora.

Hice el comentario sin mala intención. Ella arrugó la ancha frente y me preguntó:

—¿Qué dijiste?

Obediente, repetí, aunque esta vez con menos inocencia; ella duplicó las arrugas de la frente y solicitó:

—Por favor, aclárame qué quieres decir.

Le expliqué en voz alta qué estaba pensando, mientras se enrojecían su frente arrugada, sus mejillas y su quijada, y sólo la nariz afilada seguía blanca; entonces aulló:

—¡Salte de la clase! ¡Salte!

No me dejé decir eso dos veces. Tomé el periódico,

me despedí de mis compañeros y de la enrojecida maquinista trivializadora, salí del salón, me acurruqué en el ancho borde de la ventana frente a la puerta y seguí mirando el tonto pasquín.

Pero entonces, ¿quién viene ahí, contoneándose por el corredor de la escalera? ¡El consejero de la corte, el director de la institución! Extraño que el hombre camine por el colegio, porque pesa ciento cincuenta kilos, repartidos sobre todo en la cabeza y el tronco. Sus piernitas son delgadas y sus pies pequeños, como talla 38. Cuando uno está conformado así, la locomoción erecta le es muy difícil. Yo sólo lo he visto sentado detrás del escritorio, resoplando y echándose en la boca algo que sale de un pequeño recipiente y le sirve para el asma.

Entre los alumnos corre el rumor de que todos los días a las siete de la mañana lo transportan a la oficina en una litera, y que por la tarde, cuando los estudiantes y los profesores se han ido, lo vuelven a sacar. La imagen es simpática, sobre todo cuando uno se imagina a las dos hijas del director, igual de gordas, llevando la litera.

Mi presencia en la ventana le habría pasado inadvertida porque el hombre caminaba con la mirada baja, y porque el corredor es ancho; pero como soy educado, lo saludé tan atenta como sonoramente. Paró delante mío y me preguntó, jadeando:

—Sebastián, ¿por qué no estás en la clase?

Él conoce a pocos alumnos por el nombre, sólo a aquéllos de los que se tiene que ocupar con frecuencia por las quejas de los profesores. Mi nombre lo conoce bien.

Le expliqué que la profesora Kieferstein me había sacado de la clase y le pregunté si le estaba permitido hacerlo.

No sé si tenía la intención de contestarme, porque la puerta del salón se abrió y la profesora se asomó. Oyó que algo pasaba en el corredor y quería inspeccionar. Entonces vio al jefe, se le acercó y, manoteando, le informó de impertinencias que ella no tenía por qué soportar, pues no iba a dejarse pisotear de muchachos brutos. Aparecieron lágrimas en sus ojos, dijo algo sobre la tensión alta, me habló, estrelló su índice contra mi pecho, y vociferó:

—¡Encima de todo, no sonrías con impertinencia!

Me incomodó el afilado dedo índice de la profesora Kieferstein en el esternón. Me incomodó todavía más que al gritar escupía, y las gotas de saliva tenían tan largo alcance que me mojaban las mejillas. Quise escapar de ellas y del dedo índice y me eché hacia atrás. Si el vidrio de la ventana sobre la cual me apoyé no hubiera tenido ya una gruesa grieta desde el extremo inferior izquierdo hasta el extremo superior derecho, no habría pasado nada. Pero como estaba rajado desde hacía varias semanas, se partió. Y como se mantenía desde hacía años asegurado al marco con un mínimo de masilla, zumbó con estrépito camino al patio del colegio. Por el rabillo del ojo vi que ya no quedaba ni el más mínimo pedazo de vidrio en el marco de la ventana y que no había riesgo de lastimarse. Por lo tanto, me eché todavía más hacia atrás y saqué el cuerpo por la ventana.

¡Era risible que hubiera la más mínima posibilidad de una caída! El borde de la ventana tiene más de sesenta centímetros de ancho y yo estaba sentado cómodamente en él con las piernas cruzadas, apoyando la inferior contra la pared debajo. No era más que un ejercicio para fortalecer los músculos del estómago, con la mitad superior del cuerpo al aire libre, a siete u ocho metros de distancia del piso. Pero el director y la profesora Kieferstein perdieron los estribos. Los oí resoplar y sentí dos tipos de dolor en mis muslos: en el derecho uno que presionaba, en el izquierdo uno que punzaba. Como me di cuenta más tarde, los dedos chapuceros del director producían el dolor por presión, y los dedos afilados de la profesora Kieferstein producían la punzada. Después, mi espalda se deslizó más allá del borde de la ventana y me chirriaron todos los discos de la columna y luego el cráneo, y finalmente caí sobre el cóccis en el patio de azulejos, y el director y la profesora Kieferstein, que trataban de agarrarme las piernas, cayeron al suelo. Jadeando, se arrodillaron. Ya no estábamos sólo los tres, sino todos los de la clase, en un semicírculo alrededor nuestro.

La profesora Kieferstein logró levantarse sola y al director tuvieron que ayudarle Michael y Alexander, que además lo sostuvieron estando ya parado. Darme alcance lo había debilitado tanto que no pudo musitar palabra. Varias veces abrió la boca, pero sólo le salió un silbido. Con una mano regordeta hizo unos movimientos que parecían la despedida de un niño, giró fatigosamente sus ciento cincuenta kilos en dirección a la escalera y caminó dando traspiés, apoyado en Michael y Alexander. La profesora Kieferstein lo miraba. Cuando iba en la escalera le gritó, perpleja:

–¡Señor director, señor director, yo le pido que...!

Pero no dijo qué quería. Y el señor director dejó que Alexander y Michael lo llevaran abajo sin volverse ni preguntarle.

Yo me levanté, me froté con una mano el esternón y con la otra la nuca, y lamenté no tener dos manos más para frotarme los muslos.

No tenía claro si mi expulsión de la clase seguía en pie, pero no quería preguntar. Por eso volví a mi pupitre. "Si a la profesora Kieferstein no le gusta, ya lo dirá", pensé.

Mis compañeros se agolpaban detrás mío. Después del último entró la profesora dando traspiés. No tenía ánimos para seguir la clase. Se sentó y carraspeó a intervalos cortos; cada vez parecía que iba a empezar a hablar, pero no lo hacía. Duramos así diez minutos. La profesora carraspeando, yo mirándola fijamente, todos los demás mirándome a mí, hasta que sonó la campana del recreo. La profesora se levantó y dijo:

–¡Sebastián, tú vienes conmigo!

Caminé obediente junto a ella hasta el primer piso, a la Dirección. Hizo que tomara asiento en un banquito duro junto al escritorio de la secretaria, en la antesala del director, le dijo que por ningún motivo yo debía moverme de allí; luego golpeó con sus afilados nudillos la puerta de la oficina del director.

—No puede entrar —le explicó la secretaria—. El señor director no se siente bien.

A la profesora no le importó, abrió la puerta y la cerró tras de sí.

Desde mi banquito lo vi en la silla orejera, los brazos de mortadela colgando a ambos lados de las caderas, la cabeza reclinada contra una de las orejas de la silla, los ojos cerrados. Si la enorme barriga no hubiera temblado, habría pensado que el hombre estaba muerto.

—¿Le dio el ataque por culpa tuya? —me preguntó la secretaria, sin antipatía.

—Si así fue —le contesté yo—, no era mi intención.

La secretaria abrió uno de los cajones del escritorio, sacó una bolsa de papas fritas y me la ofreció. La tomé, le di las gracias y me comí todas las papas, hasta las migajas saladas del fondo. La campana había anunciado hacía rato el final del recreo, pero detrás de la puerta no se movía nada. En lugar de eso se abrió la puerta del corredor y la separada se precipitó en la Dirección. Saludó a la secretaria, señaló la puerta de la oficina del director y dijo:

—Anúncieme. ¡Soy la doctora Busch! —y con un movimiento salvaje señaló—: ¡Soy la madre de este muchacho!

—La profesora Kieferstein está con él —dijo la secretaria—, pero no creo que tarde mucho.

La separada se sentó conmigo.

—¿Te llamó el director? —le pregunté—. No debías haber venido, porque eso te perjudica —le va muy bien profesionalmente y gana mucho dinero. Por eso, no me gusta que pueda reprocharme que por mi culpa se le escaparon unos cuantos miles.

Ella me preguntó en voz muy baja:

—Tú no querías lanzarte por la ventana, ¿o sí? —en su voz había cierto tono de preocupación.

Estaba desconcertado. ¡Nunca se me habría ocurrido que pudieran atribuirme intenciones de suicidio! Murmurando, le aclaré el carácter inofensivo del suceso. Ella se quedó callada, una sonrisa hermoseó su rostro áspero, me apretó brevemente la mano y me dijo en voz baja:

—Hijo, que eso haya sido así, va a quedar entre nosotros dos. De ahora en adelante no vas a hablar ni una sola palabra, ¡y yo me encargo de todo!

¡Me desconcerté aún más! Me hablaba como si fuera uno de sus clientes y nos esperara la audiencia principal ante el jurado. Pero a diferencia de sus clientes, culpables de un delito, yo no veía cómo iba a acabar todo ese asunto. Tampoco tuve tiempo de informarme, porque al fin se abrió la puerta de la oficina. La profesora Kieferstein salió. Iba a cruzar el salón en dirección al corredor, pero la separada la detuvo.

—Doctora Kieferstein —dijo con una voz que por lo común se designa como cortante—, ¡mejor aclaramos este asunto estando presentes todos los implicados!

La llevó de regreso a la oficina del director y yo caminé detrás.

No estaba en la misma posición en que lo había visto antes, sino medio derecho. Como si fuera la anfitriona, mi mamá nos indicó a la profesora y a mí dónde sentarnos y ella también se sentó, frente al director, en el "sitio del pecador", el sillón de los estudiantes que se han ganado un castigo.

Habló de una manera que no me permitía salir de mi asombro.

Para comenzar, dijo, no demandaría al colegio.

Tomaría demasiado tiempo exponer su discurso en detalle, pero se podía concluir de éste que el colegio, por incomprensión, había llevado a un muchacho frágil al borde del suicidio. Además, había infringido sus obligaciones tutelares ya que, según las leyes de la educación, no es permitido expulsar a un alumno del salón de clase. Por lo demás, eran evidentes las carencias pedagógicas del establecimiento, tema que interesaría a muchos periódicos. Pero ella estaba en capacidad de entender que por sobrecarga de trabajo algunos profesores cometieran errores, de modo que por esta vez el asunto había salido bien. Borrón y cuenta nueva. Yo la oía y pensaba: "O al director le va a dar el ataque de asma mientras ella habla, o le va a dar cuando grite que no va a aguantar sus imper-tinencias". ¡Increíble! Casi sumiso, el hombre le alargó a mi madre su manito cuando ella terminó de hablar, y la profesora Kieferstein hizo lo mismo. Y ambos asintieron cuando mi mamá opinó que el día me había traído suficientes emociones, que yo necesitaba calma y me iba a llevar a la casa.

–¿Por qué hiciste eso? –le pregunté en la puerta del colegio.

–Porque se presentó la oportunidad –me dijo con una risa sarcástica–. ¡Hay que aprovechar siempre lo que hay! –la acompañé a su automóvil dos calles más adelante–. Fue un caso espectacular –continuó–. Si no les hubiera demostrado que habían armado un lío, ellos me habrían demostrado a mí que tú lo habías armado. ¿Te queda claro?

–Sí –murmuré, impresionado, y le abrí la puerta del auto. Creo que hasta le hice una venia cuando se subió.

## Pequeño complemento de un capítulo anterior

Leyendo lo que he escrito hasta ahora me doy cuenta de que el fervor del relato me hizo olvidar lo que pasó entre la separada y yo cuando ella volvió de la asesoría sexual con el sicólogo amigo.

Estaba en mi cuarto, un poco pálido y cansado después de la conversación con mi prima, y dibujaba con un marcador un hombrecito sobre una hoja de papel.

Ya había pintado una docena de hombrecitos, unos al lado de otros y unos detrás de otros. No soy buen dibujante, pero domino un hombrecito a la perfección, uno que tiene la boca de oreja a oreja y dos hileras de afilados dientes de tiburón. Los ojos son círculos con un malévolo punto adentro. No tiene cuello, el tronco parece una caja de caudales, las piernitas son cortas y delgadas como un huso, los pies angostos y del largo de una zanahoria. Me gusta dibujar ese hombrecito cuando estoy tratando de aclarar mis ideas.

La casa de nosotros es grande. Si alguien entra por la escalera al vestíbulo no oigo nada en mi cuarto, si tengo la puerta cerrada. Así que sólo sentí los pasos de la separada cuando se paró junto a mi cuarto después de haber pasado por el comedor.

Tuve que resistir el impulso de brincar, correr como un rayo a la puerta y ponerle llave. La idea de sostener una conversación con ella no me hacía feliz. Me pasaba algo raro: mientras me vi como un apestoso ser normal, similar a una pera de invierno con un desarrollo tardío, me había causado gracia presentármele como un homosexual o un travesti. Pero ahora que tenía severas dudas sobre mis inclinaciones sexuales, no quería intercambiar con ella ni la más mínima palabra sobre el tema.

Cerrarle la puerta no tenía sentido. ¡Un hijo no puede escapar a largo plazo a una madre que está desesperada por hablarle! Golpeó ligeramente, y antes de que le diera permiso ya había entrado en el cuarto. El acto de golpear a la puerta es en ella simple pseudocortesía, pues nunca espera a que uno le diga que entre; hasta cuando aúllo "¡No entres!", sigue.

–Buenas noches, Sebastián –dijo, se sentó en mi cama en frente mío y me miró significativamente.

–Muy buenas noches –dije yo, agaché la cabeza y empecé a pintar la boca de otro hombrecito. Después hice el resto del cuerpo.

–Sebastián –dijo con voz firme–: me inquietaron mucho esas fotos, porque nunca se me había ocurrido que pudieras tener problemas con tus inclinaciones sexuales.

Dibujaba las filas de dientes de tiburón en la boca del hombrecito sin levantar los ojos, y dije lo más fríamente posible:

–Ah, entonces tengo problemas.

–Justamente estoy aquí para averiguarlo –dijo ella. Pinté las orejas y no le respondí. La separada dijo–: Me imagino que un muchacho que se da cuenta de que le gusta ponerse vestidos de mujer no lo toma como si se tratara de un grano en la frente. Vivimos en una sociedad donde eso no es tan normal y simple como un grano. Y de acuerdo con mi experiencia, para nadie es fácil incluirse en aquello que se denomina "minoría" –solté el lápiz y la miré. Tengo toda clase prevenciones contra la mujer, pero de alguna manera, y esto debo aceptarlo, no se estaba portando tan mal en ese momento. Es bien probable que el sicólogo amigo hubiera estudiado con ella esa manera de llevar la conversación pero, aunque así hubiera sido, hasta cierto punto me parecía bien. Además, no hay muchas mamás con tal capacidad de aprendizaje como para que un sicólogo las entrene tanto en una sola sesión–. Vengo precisamente de donde un sicólogo amigo –continuó– porque quería buscar consejo. En realidad, no sólo buscaba consejo, quería ante todo obtener una explicación. Por qué y cómo... y esas cosas, tú me entiendes. Claro que es ignorancia mía, pero –alzó los hombros y los dejó caer de nuevo– pero ...nunca me había ocupado de cerca de estos problemas.

–¿Y qué te dijo el sicólogo amigo? –le pregunté.

–Que no debo escarbar el porqué ni el cómo, sino que tengo que aprender a aceptarlo. Y que va a tardar un buen tiempo aceptarlo con tranquilidad porque las madres tienen ideas fijas sobre el futuro de sus hijos y cuando se les desbaratan como pompas de jabón se ponen tristes, aun si no hay motivos para eso.

"Merece todo mi respeto", pensé. "¡Quítate el sombrero ante la dama, iporque tiene más altura de la que le habías concedido!" Entonces lo dije, y no me costó trabajo:

–Listo, mamá. Eso de los vestidos de mujer fue una broma a la que me impulsó Eva-Maria. Sólo quería inquietarte un poquito, puedes creerme –y para que me creyera, levanté los dedos de jurar. En su cara se veía que me creía con gusto–. Pero en todo caso, sí me he planteado problemas eróticos desde ese día –añadí, ya que estábamos hablando con franqueza–, aunque no tienen que ver con ropa de mujer, que no me interesa para nada, sino con lo fundamental: si soy homosexual, hetero o bi. Tengo que aclarar eso, ya sea teórica o prácticamente.

–¿Qué? –se inclinó y movió la cabeza como hacen las personas que no oyen bien.

–Necesito definir mi inclinación sexual –le dije–. Eva-Maria tampoco está muy segura de la suya.

–¿Qué no sabe tu prima? –luchaba a ojos vistas por entender lo que había oído.

Como en esos momentos mi actitud hacia ella era tan amable, le expliqué mejor cómo se había presentado mi problema sexual en la conversación con Eva-Maria, y mientras hablaba, ella se tranquilizó. De pronto la vi muy relajada. Me parece que llegó a disimular una sonrisa.

Y eso hizo que mi gentileza desapareciera. ¡Otra vez el mismo problema! Era imposible hablarle con sinceridad. Por un problema que no le incumbía se había preocupado muchísimo, había corrido al sicólogo y se había dejado entrenar para ser sensible y comprensiva. ¡Pero mi verdadero problema le daba risa!

Hice una bola con el dibujo del hombrecito y le grité:

–¡Se acabó la conversación! ¡Fuera!

–¿Qué pasó? –preguntó, un poco confundida. Pero se levantó obediente y abandonó con rapidez el cuarto. Yo lancé el papel contra la puerta que se había cerrado tras ella.

No sé si corrió al cuarto y llamó desde allí al sicólogo amigo para comunicarle que se había preocupado sin necesidad y lo había molestado sin objeto, porque su hijo no era travesti y simplemente tenía dudas de adolescente. Supongo que eso hizo. En todo caso, tarareó el resto de la noche y estuvo del mejor genio.

## 8

*De las molestas consecuencias
del comportamiento
inteligente de la separada
y la conducta desconcertante
de mi prima Eva-Maria.*

Después del complemento anterior vuelvo a los sucesos del día. Lo que en mi desconcierto me había parecido el comportamiento inteligente de la separada en la oficina del director resultó muy desagradable para mí. Mi supuesta caída suicida armó todo un lío. La noticia voló con la velocidad del Concorde. Cuando pasaba por el corredor todos me miraban como si fuera un ternero de tres cabezas. Era la sensación del colegio.

Mis compañeros se portaban de un modo muy estúpido. Se negaban a aceptar que no había tenido intenciones suicidas y que tampoco las tengo para el futuro. Varias veces he tratado de explicarles, con paciencia y frases sencillas que puedan entender, pero se limitan a asentir y a aparentar que me creen, aunque a mis espaldas cuchichean en grupitos, se les salen los ojos de las órbitas y se quedan con la boca abierta. Interpretar eso como un gesto de simpatía hacia mí sería miope. Lo que les gusta es esta trágica situación que les permite decir bobadas importantes. ¡Pero me importa un pepino! Sólo quiero saber qué motivos le atribuyen a mi intento de suicidio. ¿Qué se imaginan el director, la profesora Kieferstein y mis compañeros?

Le pregunté a la separada, pero no me pudo ayudar. Me contó que el director la había llamado esa mañana al despacho y le había dicho que él y la colega Kieferstein habían impedido, en el último momento y haciendo uso de todas sus fuerzas, que yo pusiera fin a mi joven vida, y que ella debía ir de inmediato al colegio.

Lo más seguro es que todos ellos no piensen nada concreto y sólo imaginen que Sebastián Busch es un tipo raro, impredecible, anormal. Locuras de la juventud, ¡y una lástima que algo así ocurra en las mejores familias!

¡Y pensar que el suicidio es la única posibilidad macabra que nunca he considerado! No concibo la idea de matarme, simplemente porque no logro imaginar que ya no haya nada más. Claro que puedo imaginarme que un Cadillac rojo me atropella y me llevan a la unidad de cuidados intensivos, que el jefe de médicos desconecta el respirador artificial después de varias semanas, que me meten en el ataúd y me bajan a la fosa familiar. La separada y su hermana están de pie frente a la tumba como dos cuervos negros como el carbón, y lloran apoyándose la una en la otra. Y Eva-Maria se inclina sobre la fosa, me sonríe y deja caer una rosita rosada. Me sonríe y deja caer esa rosa. Sólo en eso es fácil ver que no logro imaginar un mundo sin mí. Estando muerto *existo* todavía, porque puedo ver *mi* entierro. ¡Me siento eterno! Pero eso no quiere decir que crea en la vida después de la muerte, aunque Eva-Maria me nutre con ideas sobre la reencarnación. Una amiga le presta literatura trivial sobre el Lejano Oriente. Hace poco me dijo que le entusiasmaba la idea de la reencarnación, pero sólo si era recibida en el reino animal o vegetal. Dijo que no quería volver a ser humano, y que era bien probable que en sesenta o setenta años ya estuviera harta de eso. Pero la consolaría la idea de crujir como un abedul donde yo me haría un nidito, convertido en un ruiseñor. O la idea de trinar todos los días convertida en un ruiseñor, parada sobre el abedul que había sido yo.

Le dije que esas ideas no eran dignas de ella, que eso de la reencarnación sólo la confundiría, por lo menos en el círculo cultural europeo, donde no tiene cabida un pensamiento así.

–Déjame soñar con cursilerías –me dijo haciendo una mueca. Ni idea si lo decía en serio, porque a ella le gusta decir cosas absurdas a manera de chiste. Pero cuando no quiero participar en sus experimentos, deja que reine de nuevo la paz. Eso es ser razonable.

No sé si es tan razonable lo que hizo anteayer. Era sábado y fuimos a la casa de campo. ¡Como siempre, iba protestando! La esperanza de ser declarada lo suficientemente adulta como para quedarse sola en la casa se había esfumado. Hasta donde Eva-Maria ha logrado averiguar, su madre fue demasiado impetuosa con el consejero Schaberl y él quería ser un conquistador, no uno que se deja conquistar. En todo caso, por el momento mi tía no necesitaba libre la casa de campo los fines de semana.

Pasamos la tarde del sábado trabajando en el jardín. Mi tía rastrillaba los surcos para facilitarles la vida a las plantas que allí crecían. Mi madre lavaba con una mezcla de jabón y colillas de cigarrillo las hojas de las rosas para dificultarles la vida a los piojos. Eva-Maria arrancaba del cebollín los tallos duros e incomestibles. Yo buscaba vainas llenas en el sembrado de arverjas. Caminaba por las enredaderas con un canastico, pero no encontraba vainas bien llenas, aptas para la cena. Mi madre me quitó después el canasto, lo llenó hasta el tope y me preguntó si estaba ciego. Ese trabajo de jardinería no me interesaba; después de todo, un pequeño huerto campesino no es un cultivo de filodendros, y tampoco en eso estaría interesado hoy en día.

Cuando oscureció, las mamás se vistieron con ropa alternativa: blusas de estampados azules con bordados en punto de cruz sobre el busto y encima chaquetas de arpillera o como se llame esa tela burda. Desde hace algún tiempo son "verdes" y asisten regularmente a una reunión alternativa en un salón de la fonda del pueblo.

No creo que mi tía fuera algo antes de volverse "verde". Mejor dicho, era lo que su relación amorosa del momento fuera. Sus opiniones políticas son increí-blemente adaptables.

Mi madre, en cambio, fue "del 68" hasta que se volvió "verde", pero una militante del 68, dice ella, ya no tiene una auténtica patria y debe buscar refugio político, y los verdes eran la posibilidad más pasable.

Mi tía trató de animarnos a Eva-Maria y a mí a asistir a las reuniones pero no quisimos. Yo, porque ya conocía el asunto. No tengo nada en contra de ser verde, pero es frustrante oír la cháchara de cómo crear consciencia entre los veraneantes. Con excepción de un campesino joven de la región, en el salón de la fonda se reúne el fin de semana gente que quiere ver sus fincas rodeadas de espacios bioenergéticos y no desea cultivar la albahaca al lado de campos saturados de productos agroquímicos.

Iban a pie a la fonda aunque a mi mamá no le gusta mucho la caminata de veinte minutos, pero no hay que envenenar el paisaje, y además las damas beben en las noches verdes y no quieren acabar en una cuneta al conducir de regreso a casa.

Me despedí de ellas y me senté en el banquito de debajo del ciruelo. Quería esperar allí el anochecer para disfrutar de las estrellas, que me gustan mucho. Nunca logro reunirlas en constelaciones, pero tampoco se trata de eso. No voy a escribir de qué se trata, para no caer en la cursilería. En términos decentes, se deja explicar así: bajo el inmenso cielo estrellado me siento más diminuto que de costumbre, pero tengo la sensación de estar totalmente seguro.

No llevaba más de cinco minutos sentado en el banquito, cuando Eva-Maria gritó desde el baño:

–¡Basti, ven! –fui a la casa y entré en el cuarto de baño. Mi prima estaba sentada con las piernas apretadas sobre el borde de la bañera, y señalaba con el brazo estirado el rincón debajo del calentador–. ¡Allí! –dijo. Tampoco era necesario decir más. Les tiene fobia a las arañas y ninguna es tan pequeña como para no causarle pánico.

Yo tampoco soy *fan* de las arañas y prefiero no cruzarme en su camino, y sólo las mato por amor a Eva-Maria. Ahuyentarlas no sirve, porque la bestia en fuga causa todavía más pánico. Yo trabajo con el método del algodón.

Saqué de la bolsa un grueso copo de algodón y toqué ligeramente con él la araña que estaba en el rincón y que era bien gorda. La araña queda atrapada en el algodón más fijamente que una mosca en una telaraña, porque no puede sacar las patas. Para que no agonizara horas enteras, puse el algodón en el suelo y lo pisé con fuerza. Después eché al basurero el algodón untado de gris amarillento y traté de volver al ciruelo.

–¡Por favor, quédate! –me pidió Eva-Maria–. ¡Con seguridad hay un par de bestias más que acechan todavía!

Me senté en el piso junto a la puerta. Eva-Maria saltó de la bañera con un vestido rojo abotonado adelante, desde el cuello hasta el dobladillo. Desde arriba, empezó a desabotonarse el vestido, botón por botón, hasta la altura de las caderas. Después se lo bajó por los hombros. El vestido cayó al suelo y mi prima quedó con nada más que una tanga diminuta y un brasier aún más pequeño. ¡Brasier y tanga de encaje negro! Yo la había visto varias veces en ropa interior, pero siempre en prendas de algodón que le cubrían el tronco como un *body*. Ahora estaba desconcertado.

–Bonito, ¿no? –me preguntó, y se tocó con la punta de cada dedo índice la punta de cada seno con encaje.

No supe qué contestar. Me sentía incómodo. No por el encaje negro sino por la forma en que mi prima me miraba. ¡Y además se movía de una manera tan cómica! Como una de esas actrices bobas que uno ve el viernes por la noche en el canal 1 en las películas de porno ligeras. Terminó por quitarse el brasier y me preguntó:

–¿No te quieres duchar? ¡Ahorramos agua si nos bañamos juntos!

–No, gracias –murmuré, y huí del baño y de la casa, al banquito. Me senté allí, confundido.

Oscureció, se hizo de noche, las estrellas brillaban sobre mí, pero no me sentía seguro. En algún momento llegaron las dos mamás detrás de una linterna que les señalaba el camino. Se reían y tropezaban a cada tercer paso. Sin darse cuenta de mi presencia, desaparecieron en la casa.

No sé cuánto tiempo más duré debajo del ciruelo. En todo caso, tanto como para enfriarme hasta los huesos. Me levanté y quise entrar en la casa, pero la puerta estaba cerrada con llave. ¿Cómo iban a saber las damas que el retoño todavía estaba afuera?

Caminé a tientas alrededor de la casa, hasta las ventanas del cuartico donde Eva-Maria y yo dormíamos.

Una ventana estaba abierta. Me trepé, y como mi cama queda al pie de la ventana, no fue difícil deslizarme sin hacer ruido. Habría tenido que encender la luz para buscar mi pijama y Eva-Maria se habría despertado, algo que quería evitar a toda costa. Por eso me quité la ropa debajo de la cobija.

Estaba desnudo y muerto de frío cuando oí rechinar una cama, después unos pasos torpes y luego a mi prima:

—Basti, déjame dormir contigo —ya estaba debajo de mi cobija, se recostó contra mí y me lloriqueó al cuello—: ¡Abrázame fuerte, que tuve una pesadilla!

La niña estaba tan en cueros como yo y difícilmente podía imaginar que hubiera sido atormentada por una pesadilla. "Controla los nervios", me dije. "No imagines cosas, que esto no puede ser lo que parece". No era posible que mi sensata prima quisiera jugar a la colegiala con su primo. Aunque me hablé valientemente, no lograba desvanecer del todo mis sospechas. No se me ocurría otra explicación. En mi desconcierto, me eché sobre el estómago, y todo el peso de mi cuerpo cayó sobre mis genitales para impedirles una vida propia e indeseada. No sé si lo hubiera logrado a largo plazo. Apenas Eva-Maria se dio cuenta de que me había acostado boca abajo, se fue a su cama y dijo:

—¡Soso!

El domingo por la mañana, cuando me desperté, su cama estaba vacía. En mi mesita de noche estaba un papel rosado y en él había escrito: "Lo de anoche era una simple prueba de inclinación sexual, ¡nada más!

Muy bien, ¿pero cuál inclinación sexual quería probar? ¿La suya o la mía? Pude haberle preguntado el domingo, pero no lo hice. Ni siquiera fui capaz de sostener con ella una conversación superficial. Un silencio total reinaba entre nosotros. Las mamás se dieron cuenta y nos preguntaban a cada rato si habíamos peleado.

En el viaje de regreso, esta vez en el auto de la tía, íbamos uno al lado del otro en silencio. Para que no fuera tan penoso, tomé un periódico viejísimo y leí un artículo sobre la moneda común en Estados Unidos, aunque me mareo cuando leo en el auto.

Cuando me bajé en la casa y saqué mis maletas, pálido como un queso y con retortijones en el estómago, Eva-Maria se bajó también e hizo como si quisiera ayudarme. Tomó una maleta y la llevó hasta la puerta. Luego sacó del bolsillo del pantalón un papelito rosado doblado y me lo puso en la mano. Después corrió al auto. Mientras la separada y su hermana se daban los besos de despedida, desdoblé el papel. Me cayó como un disparo el mensaje escrito en letra grande: *"El sexo entre primos no es incesto. Y menos entre nosotros, porque nuestras mamás son medio hermanas"*.

## 9

*De un corazón que debe
elaborar un duelo
y de la falta de contacto con
un progenitor que aparece
esporádicamente.*

No sé si mi prima Eva-Maria espera que le mande una nota. ¿Una nota escrita en papel azul claro? ¿La niña le escribe en rosado al niño y el niño le escribe a la niña en azul claro? De ser así, no sabría qué decirle en esa nota.

En todo caso, desde el fracasado fin de semana ya han pasado cuatro largos días y mi prima no ha aparecido por mi casa. Nunca se las había arreglado tanto tiempo sin mí, ¡pero no la voy a llamar! En primer lugar, nunca lo he hecho y ella es la que viene por cuenta propia, y en segundo lugar, no sabría qué decirle. ¡Cada día la echo más de menos!

Así estuviera conmigo, la extrañaría. Pero la relación que teníamos antes de "la prueba" ya se acabó.

Claro que no es fácil acabarla: ¿sería posible olvidar el par de horas del sábado por la noche y seguir como si nada hubiera pasado? No sé si Eva-Maria quiere eso. Sólo sé que yo la apreciaba, no si ella me apreciaba a mí.

Como se dice, debo elaborar el duelo y enterrar y llorar a mi Eva-Maria, ida para siempre.

Aunque también podría decirme que sólo tengo que llorar y enterrar un error. Error que consistía en conocer sólo lo que a uno le gusta de una persona. Si me dijera eso y lo aceptara, podría tratar de construir con ella una relación mejor, y eso tal vez sea lo correcto. ¡Porque no es noble utilizar a un ser humano sólo como balancín para compartir ideas e ignorar el resto de su personalidad!

Pero por ahora mi alma se inclina más a la elaboración del duelo y me digo que no me hace daño enterrar primero a mi prima. Por el momento no es urgente tomar otras medidas porque el fin de semana próximo no tengo que ir a la casa de campo ni pasarlo con ella.

Mi progenitor va a venir y debo comparecer ante él. Anteayer se lo comunicó a la separada desde Nueva York, por fax. Ella no sabe si volará solo o con la familia.

—No le pareció importante mencionarlo —dijo mordaz, cuando le pregunté.

—¡Pues deberías haberte informado en otro fax! —la recriminé.

Para mí es importante si debo enfrentar a un señor solo o a Papá & Mamá & Niñita. Con él solo me las arreglo más o menos sin problemas. Con Papá & Mamá & Niñita el asunto es más difícil.

La dama que miró sonriente hace cinco años como segunda esposa es muy simpática. Si uno está solo con ella lo disfruta porque es una criatura inocente y risueña con la que es fácil conversar. Tampoco la niñita está mal, a solas. Es como todas las niñitas de cuatro años: come montones de helado de frambuesa, se mete los dedos en la nariz y en la cola y se la pasa peinando a una Barbie. Pero cuando la familia aparece como la santísima Trinidad, es un horror: el padre rezonga, la madre se toma todo a mal y la niñita berrea. Y si encima de todo la separada se une al grupo en las cenas y lanza indirectas discretas, ¡es para morirse de la desesperación!

Es evidente que mi madre no ha elaborado en lo más mínimo la relación con su ex esposo, algo asombroso si se tiene en cuenta que fue muy corta y que ya es nieve de la Edad de Piedra. Ella se separó de mi papá a los tres meses de que yo naciera, y sobre eso hay tres versiones.

La versión de mi mamá es que él era un macho cabrío lujurioso que la engañaba tres veces a la semana con su mejor amiga, mientras ella, sin saberlo, trataba de quedar embarazada.

La versión de mi padre es que ella tenía una psicosis secreta y lo culpaba de infidelidad, mientras él sólo buscaba apoyo de manera platónica en esta excelente amiga. Pero esa mujer era una intrigante que confirmó las absurdas sospechas de mi madre para destruir su matrimonio.

La versión de mi difunta abuela es que desde el principio no se entendieron y no tiene sentido pelear por el motivo de la separación, porque de todas maneras habría ocurrido a corto o a largo plazo. Y hay que agradércelo a Dios porque el tipo habría aplastado a mi madre y ella nunca se habría convertido en una abogada brillante, se habría hundido con ese machista que sólo se interesaba por sí mismo y su carrera, no por la de su esposa.

No importa quién tiene la razón —seguro que existe una cuarta versión más acertada que yo no conozco—, pero para mí es un enigma, en todo caso, por qué mi madre se marea y pierde los estribos cuando su ex anuncia visita. Después de quince años de separación podría conservar algo de calma. ¡Pero no puede!

Parece que quisiera hacerle ver, hasta el fin de su vida, o la de él, que es una supermujer y él es un pobre pordiosero que debe vegetar por ahí sin ella.

Antes de que él se aparezca, no sólo va al peluquero sino también a la cosmetóloga, siendo que nunca tiene tiempo para eso. Y se compra los vestidos más caros, Jil Sanders casi siempre, aunque ahorra mucho en ese tipo de gastos. Y para la media horita que mi progenitor pasa en nuestro querido hogar las veces que me recoge, le toca a la pobre Svetlana hacer una limpieza adicional, dejar todo brillando y poner ramos gigantescos en todos los jarrones.

Y mi madre se pone sus mejores joyas de oro blanco y también un reloj IWC que cuesta tanto como un buen automóvil de clase media.

Y en la conversación con su ex esposo no para de señalar sus éxitos profesionales y le pregunta, con fingida inocencia, si su amada y joven mujer no es terriblemente desgraciada con una niña y sin profesión, o si es el tipo de mujercita que encuentra la razón de su existencia horneando galletas.

Pero no creo que quiera volver a vivir con él. Él es un científico mediocre, un arribista obtuso. Dice que las plantas y los animales transformados genéticamente son un gran bien para la humanidad, que la energía atómica es la fuente de energía más pura que existe, y que Estados Unidos es una superpotencia democrática donde él tiene la gran suerte de vivir desde hace doce años. Allí ni siquiera existe ya el racismo, nadie dice *nigger* sino *colored people*.

No, mi madre les ha dado el pase de despedida a señores mucho mejores que mi padre. Y es que tampoco es precisamente un Adonis. Antes era más o menos buen mozo, pero ahora tiene calva, barriguita, mofletes y bolsas debajo de los ojos. Hasta parece más viejo de lo que es. La hija me contó que los desconocidos lo toman a veces por su abuelo y a su mamita la creen hija de él. Cuando le conté eso a la separada, se puso dichosa. "Bueno, a su edad desgasta volver a formar una familia", me dijo.

Así como yo entiendo muy poco la curiosa relación de la separada con mi señor padre, ella tampoco entiende que yo no tenga ninguna relación con él. Se la pasa diciendo que sufro porque me abandonó, o que tomo a mal que se hayan separado, o que por lo menos lo culpo de haber tenido otro hijo.

Pero no le puedo dar gusto con esas suposiciones. No me afecta en lo más mínimo que no se haya quedado por amor a mí, ni que haya formado en Estados Unidos una nueva *little family*, ni que sea un imbécil adaptado. Él es como es, y basta. Y si debo estar molesto con la separada sería por no haberse buscado para mi reproducción a un hombre que me impresione positivamente.

Exigirle eso a una madre sería demasiado. El papá de Eva-Maria es peor que el mío en muchas cosas, un perfecto tonto, con un cociente de inteligencia en el límite de la debilidad. Por eso rompió todo contacto con él. Y hasta donde conozco a los padres de mis compañeros de clase, son mercancías mediocres o gangas sin garantía.

Tampoco tengo ideas muy claras sobre lo que debería ser un padre, y más bien sospecho que ninguno me gustaría. Si tuviera uno todos los días tendríamos por lo menos la misma cantidad de problemas que mi madre y yo, o sea el doble de molestias diarias, y las que tengo son más que suficientes.

Tal vez me pudiera gustar tener de papá al viejo de la barba blanca al que le debo la frase maravillosa que pegué sobre mi cama. Pero alguien así estaría a punto de morirse y yo tendría que despedirme de él muy triste, y además no se puede afirmar que la sabiduría filosófica genere una convivencia armónica. El anciano podría sufrir de molestias estomacales y echarse pedos y roncar tanto que hiciera temblar las paredes. O ser alérgico al jazz, obligar a su mujer y a sus hijos a ser vegetarianos o poner a Wagner a todo volumen porque es medio sordo, y en términos de la vida, ser repelente. O podría irse calcificando hasta que ya no fuera capaz de construir una sola frase razonable, y yo tuviera que darle el tiro de gracia.

Aunque la separada no lo acepte, ¡soy muy feliz de tener sólo un adulto a cargo mío!

## 10

*De las consecuencias del
escaso suministro de agua
mineral
y de ahí que la realidad sólo
sea una construcción,
y de dos construcciones de la
realidad por las que me dan
un aparato costoso.*

Ya pasó el fin de semana con el progenitor. El distinguido señor vino solo y tuvo un montón de citas de negocios, todas importantísimas. Para el sábado sólo se planeó una cena en Corsini, un lujoso templo gastronómico en el centro de la ciudad. No me interesa la comida de cinco estrellas y nunca he tenido la oportunidad de educar mi paladar porque eso no se logra en una niñez con una madre profesional. Pero mis papilas gustativas saben distinguir de qué marca de buena comida congelada son el gulash o las albóndigas. Además, en una familia afectuosa como la mía no se le prohíben a un niño los Big Mac, y en cambio se le envía una oración de gracias a San Mc Donalds por su existencia.

A la separada, que iba a comerse un filete de salmón con mejillones y soufflé, le encanta todo eso. Reinaba en la mesa con el brillo de un vestido nuevo de pura seda y con flores, como si en cualquier momento fuera a dar gritos de júbilo: "¡Aquí estoy y éste es mi sitio!"

Durante esa cena tan larga yo alcancé a emborracharme, porque el elegante camarero traía el agua mineral en botellas diminutas y sólo una cada vez, y venía con otra después de habérsela pedido tres veces. Así que tuve que calmar la sed en las pausas con tragos de Chablis-Chardonnay y Bordeaux, que me pusieron muy alegre.

El progenitor nos llevó en taxi a la casa y por invitación de su ex esposa siguió a tomarse un cafecito turco. Yo me fui como un tiro a la cama porque la casa me parecía un *penthouse* en un trasatlántico que se movía a la velocidad de la propagación de las olas y porque temía que mi buen humor me hiciera ser demasiado irónico con mi padre. Íbamos a pasear el domingo al mediodía antes de su viaje, y no quería enturbiar las relaciones. "No sacas nada si durante todo el paseo te va a preguntar por qué eres tan agresivo con él", pensé.

En mi borrachera olvidé ir al baño antes de acostarme, y por eso me levanté a las cinco de la mañana con una fuerte presión en la vejiga. Cuando solté el agua del inodoro oí un ruido raro, como si estuvieran aserrando, ¡que identifiqué como ronquidos!

Si mi madre roncara, lo haría con tanta decencia que no saldría ni un solo sonido de su cuarto y no habría riesgos de oírla en las demás habitaciones o en el corredor.

Y como desde hace tiempo no creo en fantasmas roncadores, me quedó claro quién aserraba. Al salir del baño lo confirmé al mirar por la puerta abierta de la sala. Delante del gran sillón de cuero vi dos zapatos negros, los mismos que el progenitor había llevado puestos.

Tal vez un rezago de la borrachera me hizo caminar a tientas en la sala, tomar el zapato derecho, llevarlo al vestíbulo y esconderlo en el guardarropa, en la vieja maleta de viaje.

Al mediodía las campanas de la parroquia me arrancaron de una pesadilla espantosa en el ardiente Sahara, donde buscaba un oasis. Como me atormentaba la misma sed del sueño, corrí a la cocina y me tomé media botella de agua mineral que saqué de la nevera. Mientras descendía por mi esófago el líquido frío como la nieve, me acordé del zapato derecho en la maleta.

"Seguramente el pobre tipo todavía está en la casa", pensé. "Mi mamá y yo calzamos 39 y no habrá podido prestarle un par de zapatos 45". Era imposible que se hubiera ido a su lujoso hotel sólo con una media de seda en el pie derecho.

Volví a guardar el agua y fui a buscarlo. Mientras tanto, pensaba si debía explicar lo sucedido como un juego infantil o no decir nada.

En la sala no había ni un alma, y el zapato izquierdo había desaparecido. El dormitorio de mi madre estaba vacío al igual que el comedor, el cuarto de huéspedes y la llamada "biblioteca". Por fin encontré a mi madre en el estudio, detrás del escritorio, delante de su cuaderno de notas. Me miró insegura, y dijo:

–Buenas "tardes", hijo.

Sólo los niños pequeños y tontos niegan algo que puede ser aceptado por cualquiera, así que le pregunté, sencillamente:

–¿El señor se fue descalzo, o está de mal genio esperando en el corredor? –yo no había mirado allí.

Ella respondió:

–Ninguna de las dos cosas. Tuve que vendarle el pie derecho y cubrírselo con la cobija en que tu prima escondió los dulces en la fiesta de San Nicolás –su rostro no revelaba si el asunto le parecía cómico o irritante.

–¿Por qué? –le pregunté.

–Para demostrarle al portero del hotel que su pie torcido no cabía en ningún zapato –dijo ella.

–¿Por qué no me despertó y me pidió el zapato? Me imagino que no habrá creído que fueron los duendes.

–No quería enfrentarte –se levantó y fue la cocina. Yo la seguí. De la máquina de café expresso tomó uno bien grande–. Hasta que uno no habla de las cosas, sólo son verdad a medias.

–No hay verdades a medias, y ni siquiera hay verdades. Toda la realidad es una construcción –dije yo.

Sólo siguió mi valiosa indicación en la medida en que dijo:

–Pues entonces su construcción de la realidad es creer que su hijo hará una construcción de una noche casual, que en realidad no existe.

Le pedí una explicación clara y me dijo, tomándose el café a sorbitos:

–Él piensa que tú piensas que él piensa...

–¡Habla claro, por favor! –le grité.

Se tomó el último sorbo de café:

–Cree que le vas a contar a su esposa lo que pasó entre nosotros, y entonces tendría que negar todo; por eso, entre menos indicios tengas para tu versión, más fácil será para él.

–¿Eso dijo? –pregunté, asombrado.

–Eso quiso dar a entender. Y ahora me arrepiento de haber desperdiciado una noche con alguien que no se responsabiliza de sus actos.

Puse a calentar el agua de mi té y murmuré:

–Pobrecita –metí una tajada de pan en la tostadora y repetí–: Pobrecita.

Ella se sentó a la mesa de la cocina y exclamó:

–¡Ya basta! Sé que para ti es peor, porque el desagradable es tu padre. Las parejas se pueden cambiar y mejorar en ese sentido, ¡pero los padres no!

–No quise decir eso –aclaré.

Empezó a llorar y a decir algo de una madre que no había buscado un mejor padre para su hijo, que aunque se había esforzado durante quince años por ser para mí padre y madre, sólo había logrado lo uno o lo otro a medias, y que su pobre hijo no tenía una madre verdadera y tampoco un padre, y que esta era en realidad la causa de nuestra mala relación. ¡Porque ella no encajaba en los roles tradicionales!

Claro que me dio lástima, pero no podía aceptar sus sollozos sin protestar. No soy sicólogo, pero era evidente que lloraba por ella y no por mí. A lo mejor se trataba de la tristeza poscoital sobre la cual había leído un par de veces. Y si era eso, no es de asombrarse que a uno le dé con más fuerza cuando renueva con un ex el sexo caduco.

Se lo señalé con suavidad, pero negó estar llorando por sí misma.

–No, algo así lo supero 'con la izquierda' –dijo, y aclaró que sólo habían sido un par de ejercicios físicos, por lo demás no muy agradables, pero estando sola hay que echar mano a soluciones de emergencia para ciertas necesidades, y yo no debía hacerme ideas falsas al respecto.

No soy mojigato, pero no me pareció positivo para nuestras deterioradas relaciones ser informado a la ligera de esos detalles. En primer lugar, porque ella debería guardar conmigo cierta distancia, y en segundo lugar, porque tampoco entiende mis cosas. Mientras buscaba las palabras para decirle eso de la manera más pacífica posible, ya ella estaba hablando de otras cosas. Sobre mi supuesto problema con mi padre me explicó, sentándose y enjugándose las lágrimas, que en realidad yo no podía seguir evadiéndolo, que afrontar la realidad era mejor. Según ella, yo estaba muy lastimado porque mi padre se había fugado de mi vida, y sería mejor mostrarle mi herida, ya que en realidad él también estaba desorientado y en realidad...

Estallé después de oírla decir con boca temblorosa una docena de veces "en realidad". Sobre todo porque hacía un par de minutos creí que había entendido eso de que cada verdad es sólo una construcción.

Le grité:

–¡Si vuelves a decir una vez más "en realidad", voy a explotar! Entiende de una vez: tú tienes tu realidad, yo tengo la mía, ese desgraciado tiene la suya. Cada quien construye algo que considera después la realidad, pero lo que se toma por realidad son meras construcciones, con el mismo valor de un pedo en el bosque. Eso se puede leer en Demócrito: "Todo lo conocido es sólo un reflejo de aquello que debe ser conocido".

–¡No me vengas ahora con Demócrito, pequeño sabihondo! –me retó, y se puso roja–. ¡Hablamos de ti, de mí y de tu padre! La cháchara filosófica no nos hará avanzar, ¡y tú sólo quieres evadirte en vez de encontrarte!

No tuve más opción que gruñir "Grandísima tonta" e irme de la cocina, aunque el agua del té ya había empezado a hervir. Era la una de la tarde y me había citado a esa hora con mi padre. Íbamos a encontrarnos en el *lobby* de su hotel.

Me paré veinte segundos debajo de la ducha y después un minuto debajo del secador para el cuerpo, una agradable innovación en nuestro baño: del techo sale una corriente de aire caliente que evita tener que secarse con la toalla. Me cepillé los dientes libres de calzas, me eché en el pelo el doble de gel que de costumbre, me vestí, saqué el zapato derecho de la maleta, lo metí en una bolsa y me fui sin decirle adiós a la separada.

No tenía ganas de pasear con el progenitor, pero declinar la invitación habría sido tonto. Y de todas maneras a él le serviría el zapato, hecho a mano y a la medida.

Como los domingos el metro no pasa muy seguido cerca de la casa y además se me pasó uno delante de las narices, llegué al hotel a la una y media.

El portero me informó que a mi distinguido padre lo habían llamado de repente a una cita importante, pero que me había dejado algo. Me puso un paquete pesado en las manos.

–¿Va a volver al hotel antes de viajar? –le pregunté.

–Ya desocupó el cuarto –dijo el portero, y después, mirando por una puerta abierta en el mostrador, añadió–: Pero todavía tiene el equipaje aquí. Lo debe recoger antes de irse al aeropuerto.

Le dije que pusiera la bolsa plástica junto a su equipaje.

–¿Necesita algo más? –me preguntó.

Le pedí lápiz y papel.

Había planeado escribir sencillamente "Sorry, Sebastián", pero cuando tuve el estilográfico en la mano anoté en la elegante tarjeta del hotel: "Para que no tengas que decirle a tu mujer que la mafia rusa te robó del pie el zapato".

No era precisamente un chispazo, pero por lo menos era más honesto que *sorry*.

Metí la tarjeta en la bolsa del zapato, me fui del hotel, caminé al jardín del frente y me senté en una banca. No quería seguir adivinando qué contenía el paquete.

Estaba envuelto en un papel blanco con letreros azul claros que decían Demel. Se podía pensar en un artículo de pastelería, pero era demasiado pesado. ¡Ni el mejor ponqué tiene el peso del granito! Además, ninguna vendedora de Demel lo empacaría tan mal. A falta de un papel de regalo, el progenitor había echado mano de un papel de Demel que envolvía un paquete para su mujer y su hija. Rompí el papel. ¡Su MacIntosh, el modelo más nuevo y lujoso, estaba sobre mis rodillas! Más los cables, y uno para el fax, y también los manuales del usuario. Y una tarjeta del hotel con una nota escrita a mano:

"Querido Sebastián, lamento no poder verte sino hasta la próxima vez. Quería darte algo, pero en esta anticuada ciudad todos los almacenes están cerrados el domingo, así que te dejo mi Powerbook, que con toda seguridad te gustará. Espero que con esto todo quede O.K. Tu padre".

Aturdido hasta cierto punto, brinqué en la banca. Era el primer intento de soborno que se ejercía conmigo, y que fuera tan caro era curioso. Obtener por no hacer algo que uno de todas maneras no iba a hacer el equivalente de un pequeño auto es, de por sí, bastante extraño.

Envolví otra vez el MacIntosh en el papel de pastelería, me lo puse debajo del brazo y corrí al metro. "La amarga era de teclear en el PC de mi madre llegó a su término", me dije. Emociones altamente positivas hacia mi padre se desataron en mí: "No eres más que un pobre cerdo", pensé, casi conmovido, "cuando no se te ocurre algo distinto para solucionar un problema que trasladar fondos y donar posesiones".

En la casa encontré a una madre fría que había recuperado la compostura. La invité a compartir mi buen humor, le perdoné la salida de tono con mis ideas filosóficas y le mostré el computador.

Ella opinó que debía devolverlo por correo. Le pregunté si le faltaba un tornillo o si iba a comprarme uno igual en caso de que lo hiciera. Eso la calmó. En el fondo, opinó, él me debía mucho, mucho más que eso, porque los alimentos que paga no cubren siquiera la mitad de mis "gastos de manutención".

A lo mejor no lo dijo con mala intención, pero yo me altero mucho cuando habla de mis gastos de manutención porque gana dinero suficiente para alimentar a diez niños. Le pregunté si opinaba que el computador le pertenecía como cobertura mínima del déficit en mis gastos de manutención. Ella no estaba interesada en una segunda pelea el mismo día, así que me pidió que no fuera tan sensible.

Yo me fui a mi cuarto a estudiar mi adquisición con la ayuda del manual y a mirar qué programas tenía el disco duro.

## 11

*Del amargo
reconocimiento de que
una construcción extraña
de la realidad puede
producir un estado de
ánimo
para el cual Demócrito no
sirve de apoyo.*

Ayer por la tarde me llamó la separada desde la oficina y me convenció de ir en la bicicleta a donde mi tía, recoger un libro y llevárselo a la oficina lo más rápidamente posible. Era una guía turística de Portugal que le había prestado una amiga con la que iba a comer en dos horas, y esa amiga la necesitaba sin demora porque a su vez la había tomado prestada de otra amiga que viajaría mañana a Portugal y la requería con urgencia para no perderse entre Porto y Lisboa. Mi mamá no podía recoger la bendita guía donde mi tía porque allí nunca hay sitio para estacionar, y a mí me quedaba fácil hacerle el favorcito.

Al principio le aconsejé que se consiguiera una bicicleta para recoger ella misma lo que había tomado prestado, sin tener que preocuparse del estacionamiento; pero era sólo una excusa. Quería evitar la casa de mi tía hasta tener claro cómo portarme con Eva-Maria. En esas, caí en cuenta de que era miércoles y mi prima tiene ensayo de teatro desde las cinco de la tarde y no me la iba a encontrar.

Por eso acepté hacer de mensajero y salí en mi bicicleta.

La aseadora de mi tía me abrió la puerta.

—*Tía no poder moverse* —me dijo. Ella es polaca y lleva poco tiempo en el país.

Mi tía estaba en el sofá de la sala, con una bata de seda, agitando en el aire las cortas piernas desnudas. Entre los dedos de los pies tenía tampones OB, cuatro en cada pie regordeto, para que ninguna uña roja y todavía húmeda tocara el dedo vecino. Los hilitos azules de los tampones volaban con el viento del ventilador.

—Es muy amable de tu parte venir a recoger el librito, Basti —me dijo, y señaló el cuarto de Eva-Maria—. ¿Podrías traerlo tú, que ahora no me puedo parar? Tu prima lo estuvo mirando, así que estará tirado en alguna parte del cuarto.

Fui al dormitorio de mi prima y busqué la guía de Portugal. Como siempre, reinaba el caos en el escritorio. Había montañas de cuadernos y periódicos revueltos con cintas de pelo y piedras rosadas (que ella colecciona), aretes, collares, brazaletes y toda clase de lápices y lapiceros.

Imaginé que la guía estaría en la pila y la revolví un poco. De repente tuve en las manos un cuaderno muy grande y grueso de color rojo encendido. Si hubiera estado escrito en la tapa algo así como *Diario,* creo que no lo hubiera abierto. ¿O sí? ¡Ni idea!

En todo caso, no se me ocurrió que tuviera anotaciones personales. Pensé que esa lujosa cosa roja era un cuaderno del colegio y quise saber qué área del conocimiento era digna de tan exagerado gasto. Por eso lo abrí. Era un cuaderno a rayas y en los renglones azules había un texto escrito en lengua materna.

No era un ensayo literario, ni los apuntes de la clase de historia. Me interesó de verdad cuando lo hojeé –sin leerlo– hasta la última hoja escrita con sólo un par de renglones llenos, pero con varios "Sebastián" que me saltaron a la vista.

Otros habrían cerrado de inmediato esa cosa roja y la habrían dejado caer como una papa caliente. Eso no sólo habría sido discreto sino también respetuoso con mi estado de ánimo.

Pero lógico, a mí me venció la curiosidad, teniendo en cuenta el estado actual de mi relación con mi prima. "A lo mejor así entiendo qué espera ella de mí", pensé.

De atrás a adelante pasé varias hojas, hasta la parte donde mi querida prima había indicado con tres renglones libres y un arabesco que empezaría a escribir sobre un tema distinto del anterior. Me senté en la silla del escritorio y empecé a leer.

Con base en mis recuerdos no puedo dar una versión fidedigna de lo que leí. Renuncio a hacer un acta de memoria. La fuerza idiomática de mi prima está mucho mejor desarrollada en la oralidad que en la escritura, y las guirnaldas de frases que entreteje con términos triviales no merecen repetirse.

Brevemente, se leía allí lo siguiente: Eva-Maria se había enamorado perdidamente desde hacía varios meses del atractivo director de su grupo de teatro. Pero a ese señor no le interesa la "fruta verde", sólo las mujeres maduras. Varias jóvenes del grupo lo habían visto encontrarse en un café después de las prácticas con *"an old beauty with fat ass"*. Sin embargo, Eva-Maria creía que ella lo había impresionado porque ciertas miradas suyas tenían tal intensidad que le erizaban la espalda y le daban a entender que podía hacerlo cambiar de opinión sobre la "fruta verde". Mi prima opinaba que cuando llegara el momento deseado debía tener algo de experiencia. Y adquirir esa experiencia implicaba práctica, pues hasta el momento era una hoja en blanco sexualmente, y el único compañero sin problemas con el que no le sería infiel al director y podía practicar era su primo Sebastián. En favor de su entrenamiento iba a seducirlo sin pérdida de tiempo, algo fácil de hacer porque los fines de semana compartían el mismo cuarto. (Por qué no le sería infiel si se acostaba conmigo y no con otro no quedaba claro en el texto.) A lo mejor la idea también le convenía al primo, porque tal vez el pobre estaba inseguro sexualmente por culpa de ella. Tiende a tomárselo todo demasiado en serio, hasta la simple posibilidad de que tuviera predisposición a la homo o bisexualidad. Con el primo la cosa no es tan sencilla porque siempre quiere tener conversaciones superprofundas, y se habría puesto furioso si ella le hubiera dicho que todo eso era en chiste. Así que le siguió el juego y hasta lo acompañó a los baños públicos, aunque casi se muere de la risa. Pero su primo no entiende las bromas cuando son con él. Y ella sabe hablar de sexo más que de Dios y de por qué existe algo o nada. En cambio, ¡con Sebastián se le derrite un cuarto de kilo de manteca cerebral cada vez que conversan!

Si lo seducía, él sabría bien qué le gusta y sus dudas sexuales desaparecerían y no tendría que seguir martirizando su genial cerebro con eso de la homosexualidad.

Muy decaído, salté de la silla después de leer la última línea. Si la tía no hubiera chillado a cada rato desde la sala, "Basti, ¿encontraste el bendito libro?", no hubiera tenido ánimos de levantarme. Pero como los chillidos seguían me levanté, salí tambaleante del dormitorio de mi prima y volví a la sala. Mientras tanto mi tía ya se había quitado los tampones e inspeccionaba con el dedo índice si a la empleada se le había olvidado limpiar el polvo en alguna parte.

Me dejé caer en el sofá y murmuré que no había encontrado el libro en el caos de mi prima. Mi tía fue a buscarlo y lo trajo. No estaba en la mesa de noche de Eva-Maria sino en la suya.

Tomé el libro y me despedí. Cuando ya tenía la mano puesta sobre el pomo de la puerta, una idea absurda y masoquista se apoderó de mí. Volví a donde la tía y le pregunté:

–¿Tienes una hoja de papel azul claro?

–¿Por qué azul claro? –me preguntó.

–Porque el azul claro es la respuesta para el rosado bebé –a mi tía uno puede darle ese tipo de respuestas. Es muy simple y lo sabe, de modo que si ignora algo no pregunta mucho para que no piensen que es tonta. Se puso un dedo pintado en el labio inferior, pensó un momento y dijo:

–Sí, Basti, ¡sí tengo! –abrió un cajón y me pasó una hoja azul clara de papel carta–. ¿Sobre también? –preguntó.

Asentí y ella me alcanzó uno. Me senté a la mesa del comedor y pensé en el contenido de mi mensaje satánico y masoquista, que debía estar escrito de manera que no le ofreciera indicios concretos a la tía, porque ella no respeta la privacidad de la correspondencia. ¡Llega al extremo de poner las cartas sobre vapor para ablandar el pegante y abrir el sobre sin dañarlo!

Agité el estilográfico y escribí sobre el papel azul bebé: "Estoy totalmente de acuerdo con tu opinión, así que búscame para llevar a cabo el asunto cuanto antes".

Doblé la hoja, la metí en el sobre, pasé la lengua sobre el borde engomado y me corté al hacerlo porque el papel era muy fuerte, y cerré el sobre. Adelante escribí *"Para Eva-Maria"* y le pedí a la tía que se lo entregara.

–Ella ya casi va a llegar –me dijo–. ¿No quieres esperarla?

Como es perezosa, le produce menos estrés pegar la oreja a la pared de un cuarto que abrir un sobre con el vapor de la tetera si hay poco tiempo y el destinatario puede aparecer en cualquier momento. Le expliqué que no tenía un minuto más y desaparecí. El corazón me latía con fuerza. Mientras pedaleaba al despacho de la separada, rondaba en mi cerebro esta idea: "¿En qué te quieres meter ahora?"

La frase todavía me ronda el cerebro sin que haya podido encontrarle una respuesta razonable y cada minuto siento esos imbéciles latidos del corazón, pero no quiero o no soy capaz de cancelar mi oferta. Sería fácil; sólo tendría que llamar y decir: "Olvida el papelucho azul claro, ¡fue una equivocación!"

Seguramente mi mamá tiene en la biblioteca algún libro sobre el masoquismo que me ayude a aclarar por qué hago todo esto.

## 12

*De cómo me la paso
acurrucado y abúlico,
la separada no se da cuenta
de nada
y el bendito fin de semana se
acerca cada vez más.*

En caso de que se pudiera conjugar la palabra "abulia", que viene del antiguo griego y significa "falta de voluntad, incapacidad de decisión", entonces *"yo me abulio"*, porque se ha apoderado de mí, como un moco blancuzco y viscoso, el convencimiento de la inutilidad de todo pensamiento y acción.

Cansado de la vida, me he convertido en un bebé desvalido, pero no viene ningún adulto con la cucharita de plata a darme la papilla iluminadora. Me la paso sentado sobre esta mierda sin salida y le doy vueltas una y otra vez.

La separada, que ha notado mi pésimo estado de ánimo porque no puedo alimentarme normalmente, me dice, ignorante de la situación y como si quisiera burlarse de mí: "Tranquilo, Sebastián, que el fin de semana tu apetito va a mejorar con el buen aire del campo".

Qué hubiera dicho la buena mujer si le hubiera contestado: "Pues de aquí al sábado tu hijito tiene que resolver si se va a acostar con la prima en el buen aire del campo, o si va a abstenerse de hacerlo".

Seguramente hubiera vuelto a llamar al sicólogo amigo y le hubiera pedido una cita relámpago.

En los últimos días me he llevado de la biblioteca materna a mi habitación un cuarto de metro cúbico de empolvada literatura sobre el masoquismo. ¡Pero no logro aclarar nada! Como dice Michael, mi compañero de pupitre, estoy convertido en un imbécil "diez centímetros arriba del cráneo".

Desde que sé leer, nunca me había pasado eso de estar acurrucado delante de un libro, mirando como un tonto las líneas, sin entender lo que está escrito. No sólo no puedo leer esa mierda del masoquismo, sino que no logro leer nada, ni siquiera un simple periódico. Hasta la televisión la entiendo a medias.

Tampoco puedo pensar. No logro producir ni un solo pensamiento lúcido, no importa de qué se trate. Claro que todo lo que se necesita para pensar está en mi cerebro, pero las ideas no se dejan organizar. Me pasa como al que tiene una bolsa llena de perlas y no tiene un cordel para ensartarlas.

Además, toda esa mierda científica del masoquismo, contenida en el cuarto de metro cúbico de libros especializados, no tiene nada que ver conmigo. Antes de enfrascarme en las mohosas páginas ya sabía que iba a humillarme voluntariamente y a terminar sintiéndome como un cerdo. En esos libros no hay ni un caso parecido al mío. Esas bobadas sólo hablan del masoquismo corporal, no de uno espiritual, como el mío. ¿Qué me interesa la historia del director general X, que le paga dos veces a la semana a una prostituta con ropa de cuero brillante para que le ponga un collar de púas y le azote el trasero con un látigo, si no alza obediente la pata al pie de la cama y se orina en el tapete?

Supongo que hay libros especializados sobre el tipo de masoquismo que me afecta, pero mi mamá, que es una especialista idiota, sólo tiene libros que entran en el ámbito de "lo punible". Y que Eva-Maria me quiera utilizar para "entrenarse" y yo me deje no es algo punible. En todo esto ni siquiera se sabe si soy capaz de ofrecer el rendimiento deseado. ¿Cómo se imagina ella todo esto? ¿Quiere ensayar con alguien como yo, totalmente ignorante en la práctica interpersonal, para luego ser perfecta con un tipo con experiencia? ¿Qué piensa conseguir? Al revés sería mejor.

Mi conocimiento sobre el acto sexual es meramente teórico. En realidad es nulo, porque "conocimiento", después de todo, quiere decir tener experiencias y opiniones tanto objetivas como subjetivas de las cuales se puedan formar juicios y conclusiones lo suficientemente seguros para valer como conocimiento.

Ahora no sé bien lo que quiere decir eso, pero seguro que es cierto porque lo entendía muy bien en la época en que todavía sabía pensar, o no se me habría quedado en la cabeza como una frase importante.

Si mi prima cree que va a aprender algo de mí, se equivoca.

En tal estado de desorientación, hice anteayer el risible intento de volverme más ducho en todo esto con la televisión privada. Pero el botón del televisor no fue suficiente, porque los fines de semana sólo presentan películas porno de los años setenta. Vi una peliculita tonta en que salía una joven gimiendo en la cama, masturbándose y pasándose a cada rato la lengua sobre el labio inferior. Hasta donde vi, el tipo casi ni aparecía en escena y no mostraban las partes del cuerpo activas. Ni siquiera gemía.

Tampoco pude ver la película mucho tiempo; sólo tenemos conexión para el cable en la sala, y el viejo televisor de mi cuarto recibe únicamente las dos emisoras de la programación nacional libres de pornografía y las señales en blanco y negro.

Durante las dos propagandas que interrumpieron el sexo llegó la separada luego de un concierto de Mozart, se aplastó en el sofá al lado mío y me dio cátedra para explicarme que en cinco minutos serían las doce y yo no crecería si perdía de continuo el saludable sueño de la medianoche.

Claro no lo dijo con tanta crudeza. Por un innato sentido del tacto, siempre se cuida de hablar de mi estatura; a lo mejor me evita el estrés del tema para que no se produzcan consecuencias sicosomáticas. Hace como si no cayera en la cuenta de que no me cuesta trabajo adivinar. Es de tal manera discreta, que no habla de pie conmigo para no tener que mirarme desde arriba sino que se sienta. Yo presiento que eso se lo enseñó el conferencista del seminario para ejecutivos sobre el trato que se les debe dar a los clientes más bajitos que uno. Con todo y eso sé lo que piensa cuando dice que los jóvenes necesitan mucho sueño durante el crecimiento.

Ayer quise alquilar dos buenas películas porno en una de las tiendas la calle principal. Allí sobran esas porquerías. Pero cuando llegué a la registradora con tres películas que tomé al azar, la vieja del mostrador me pidió la tarjeta de identificación.

—Muchachuelo, estas cosas sólo se le dan a gente de más de 18 años —dijo.

No había motivo para querer hundirse en la tierra por la sonrisita arrugada de esa vieja estirada, pero no me faltaron ganas.

No quise jugar al grande sin identificación sino que arrojé sobre la mesa los tres casetes de mierda y huí de la tienda del horror. La vieja chilló:

—¡Mocoso tonto! ¿Te parece un gran chiste engañar a una mujer vieja?

Me falta el cordel para ensartar las perlas de mis pensamientos pero en cambio me la paso viendo una cómica imagen que se me aparece sin importar dónde esté o qué esté haciendo.

Hoy por la mañana en el colegio no hubo manera de disiparla; no se me iba de la mente ni un par de segundos.

Veo el cuarto de la casa de campo donde duermo con mi prima, la luna brilla por la pequeña ventana y yo estoy desnudo, tal como me creó un dios inclemente, y en frente de mí está Eva-Maria, también desnuda.

La imagen es tan nítida que distingo con exactitud los hexágonos de la colcha de retazos sobre la cama de Eva-Maria y la caperuza a rayas blancas y azules de la lámpara de la mesa de noche, pero no veo si mi pene está erecto o fláccido. Porque miro fijamente a Eva-Maria y no la parte inferior de mi cuerpo. Y como veo esta imagen "desde afuera", como si alguien me pusiera una foto delante de la nariz, no me puedo sentir en la piel del bobo que está allí, bajo el resplandor de la luna.

Hoy invertí seis largas horas escolares en hacer de estas fotos un cortometraje. ¡Imposible! Ni siquiera pude obligar al desnudo a mirar hacia abajo.

Acabo de ir al baño a buscar unas tijeritas para las uñas. Hasta juntar frases me cuesta trabajo, y de alguna manera me relaja liberar los dedos del teclado y comerme un poco las uñas. Pero como no soy un roedor entrenado, mordí mal la uña del dedo índice de la mano izquierda y necesitaba una herramienta para recortarla un poquito.

Cuando salí del baño con la uña recortada, oí a mi mamá hablar por teléfono en el estudio y decir: "No estoy segura, pero en el momento no ofrece mayores contrariedades. Creo que a mi pequeño narciso le va bien por ahora, me parece equilibrado".

Iba al cuarto, y pensé: "¡Tiene otra relación y yo no me había dado cuenta por culpa de mi abulia!" ¡Qué raro! Cuando ella hace una conquista, lo dice tan duro que hasta un abúlico no puede dejar de oírla. Ya sentado frente al MacIntosh y al volver a darle a las teclas con el índice izquierdo, me ronda la sospecha de que la perversa mujer se estuviera refiriendo a mí.

¿Yo un narciso, según la percepción de la separada? Habría que meditarlo, si pudiera pensar. Y mientras más tiempo trabajan mis incisivos en la uña del dedo índice izquierdo, más me reconcilio con la posibilidad de ser un narciso, y la idea me parece la anhelada cinta de plata en el horizonte despejado.

En el estado miserable en que me encuentro es imposible pensar novedades, pero todavía puedo extraer un par de fragmentos de educación grabados en mi cerebro desde hace tiempo: Narciso, el hermoso joven, despreció el amor de Eco y fue castigado con el amor a sí mismo. Ese imbécil se consumió en la nostalgia de su reflejo visto en el agua, hasta que los dioses pusieron fin a su padecimiento y lo transformaron en un narciso.

En sicología el narcisismo es el enamoramiento de sí mismo, llamado también autoerótica. La autoerótica es normal en los niños pequeños, como chuparse el dedo gordo, pero en los grandes es una regresión. Y regresión es la recaída en formas infantiles de satisfacción reprimidas.

¿Y?

A lo mejor ya no necesito buscar más cordeles para ensartar las perlas homo-bi-hetero-prima. Si soy un autoerótico víctima de una regresión infantil, simplemente voy a seguir chupando dedo hasta que cumpla diecisiete años, ¡y asunto arreglado!

Y puede que un dios enojado me transforme antes del fin de semana en un narciso.

¡Mamá, a veces eres increíblemente solidaria en situaciones problemáticas!

## 13

*De por qué no se puede
confiar en dioses ni en tías
y por eso se estancó mi
conflicto con Eva-Maria
y un libro aterrizó en el
abono.*

Brevemente: Llegó el viernes, Eva-Maria no fue a mi casa y ningún dios enojado me transformó en un narciso, pero mi nostálgica esperanza me hizo desmenuzar de tal manera el asunto, que cuando me miraba al bañarme o al orinar imaginaba que tenía el pipí cubierto de pétalos blancos de narciso en vez de vello púbico.

¡Juro que los vi, sólo que algo desdibujados y de una transparencia lechosa! ¡Hasta creí olerlos!

Por lo general la cita que nos ponemos los sábados para ir al campo es a las dos de la tarde. Las hermanas se turnan para conducir y esta vez le tocaba el turno a la separada.

A falta de una idea mejor, el sábado por la mañana cuando iba en el tranvía al colegio decidí hacerme el enfermo para no tener que enfrentar a Eva-Maria. Tanto me esforcé por sentir los síntomas de un problema estomacal, que al mediodía empecé a oír los rumores de mis tripas. Sonaban como un arpa en viento de primavera. A la una de la tarde estaba pálido y mis cuatro litros de sangre se habían congregado en mi estómago para apoyar los rumores de mis tripas. Michael atestiguó la ausencia de color en mis mejillas: "Pareces una compota de manzana recién vomitada", me dijo.

En el tranvía de vuelta, me tambaleaba. Sentía las rodillas como si fueran de goma y tenía que contener los gemidos.

Muy satisfecho, me acosté en el sofá de la sala y aunque estaba haciendo un calor infernal, me tapé con una cobija de lana; escuché el sonido de arpa de mis tripas y me sentí en el "tapo remacho".

Para los que que no sepan qué es el tapo remacho: Así le dicen los niños en el juego de las escondidas al sitio elegido de antemano y en el que, cuando uno llega allí, ya no pueden capturarlo. De todas maneras uno no se puede quedar eternamente en el tapo. Los captores pueden hacerse a tres metros de distancia, agitar los brazos en círculo y gritar tres veces: "¡Tapo remacho, el que no salga ahora no juega más!" Y si el niño que está en el tapo no logra en ese tiempo escabullirse entre los captores, le toca hacer de captor.

En mi caso fue la separada la que me sacó del tapo remacho. Llegó como a la una de la tarde, muy alegre, se

112

sentó a mis pies y me contó que había atrapado a un pez gordo del que iba sacar una buena cantidad de caviar porque quería contratarla para un proceso que podía durar tres años.

Ya se había informado de su situación económica y sabía que el tipo podía darse el lujo de pagar durante diez años los jugosos honorarios de un abogado; por eso, hasta donde su ética profesional se lo permitiera estaba dispuesta a prolongar el asunto.

La joven abogada estrella estaba tan contenta que no reparó en mi posición horizontal de enfermo. Gemí varias veces pero tampoco se enteró. Estaba feliz por lo del cliente. Faltando quince minutos para las dos de la tarde exclamó, angustiada:

–¡Oh, Dios! ¡Por estar hablando se nos pasó el tiempo! Tenemos que salir ya. ¡Ya sabes lo histérica que es Érica! ¡A las dos en punto está esperando en la puerta con morral y paquetes! –se levantó de un brinco, corrió al vestíbulo, sacó del armario su pequeño maletín de viaje y voló al baño a recoger sus valiosos cosméticos. En la casa de campo tiene suficiente ropa para el fin de semana, pero carga sus cremas de aquí para allá porque la grasa facial se pone rancia muy rápidamente.

Volvió a la sala y tomó la carpeta con los documentos del pez gordo y la metió con las cremas en el maletín. Y todo el tiempo chillaba:

–¡Muévete! ¡Levántate y trae tus cosas!

Abrí la boca varias veces para decirle que me sonaban las tripas y pensaba quedarme en la casa. No sé por qué no fui capaz de hablar ni por qué le obedecí y tomé mi morral del armario del vestíbulo. No tenía que empacar. Del último fin de semana seguían allí un par de pantalonetas, *La gaya ciencia* de Nietzsche, ropa interior, mis estilográficos Lamy y mis zapatos nuevos de suelas de seis centímetros, que nunca me he atrevido a usar por miedo a que digan que quiero verme más alto.

Esperé con las tiras del morral en la mano derecha. "¿Por qué te haces esto, muchacho?", me preguntaba. Como única respuesta, decidí que yo era para mí mismo un enigma más grande de lo que me había imaginado.

Salí de la casa como una marioneta, detrás de la separada. Con gritos de júbilo porque no le habían puesto una infracción por haber estacionado en un lugar indebido, lanzó nuestras maletas al baúl y se lanzó ella misma al volante. Me quedé frente al baúl unos segundos y por mi cerebro circuló la siguiente idea: "Vas a perder la última oportunidad de quedarte en el tapo remacho. Di algo, ¡o tu destino tomará su malvado curso!"

Pero seguí callado. Subí al auto, y la buena mujer aceleró por encima del límite permitido.

Efectivamente, mi tía y Eva-Maria ya estaban afuera de la casa. Eran las dos y quince. Delante de ellas, en el suelo, estaban dos talegos repletos, tres canastos bien provistos y cuatro bolsas plásticas; a ambas les gusta meter las cosas en bolsas plásticas.

Un vestido horroroso cubría el amplio contorno de mi tía. Era a cuadros blancos y negros, cada cuadro tan grande como un disquete de computador.

—Tela para miopes —comentó la separada, divertida

con la pinta de su hermana; después me pidió que le ayudara a la tía a acomodar las maletas y la muy perezosa se quedó al volante y gritó una mentira por la ventana abierta del vehículo:

—¡Divino tu vestido nuevo, Érica!

Mientras me bajaba por la puerta de atrás, Eva-Maria se subió por otra puerta. Traía una revista debajo del brazo; apenas se sentó en el asiento de cuero gris, la abrió y se enfrascó en la lectura.

Amontoné lo mejor que pude todos los trastos de mi tía, pero ni con la mejor voluntad del mundo había manera de hacer caber un canasto.

—Este lo voy a meter en el baúl —le dije.

—¡Pero con cuidado! ¡Mira que ahí va la torta del domingo! —exclamó ella—. Le puse mi bata encima para que no le pase nada en el viaje —después taconeó hasta el asiento del acompañante y se acomodó allí, haciéndole reclamos a su hermana por nuestra usual falta de puntualidad.

Traté de acomodar el canasto en el baúl, evitando mirar a mi prima, pero tenía una manija tan alta que era imposible meterlo. Intenté doblarla, pero mi tía interrumpió sus recriminaciones y chilló:

—¡Basti, no me dañes el canastico! —luego añadió que de todas maneras el baúl no era el mejor sitio para ponerlo porque estaría expuesto a los rayos del sol y se podía derretir la cubierta de la torta.

—Pónganlo entre ustedes dos —gruñó mi madre, impaciente.

Subí el brazo acolchado que separaba los puestos

del asiento de atrás y puse allí el canasto. Entre dientes y sin levantar la vista, Eva-Maria murmuró algo que parecía ser un saludo de dos sílabas, algo así como un "Hola". Mis fallidos intentos de meter el canasto en el baúl habían desacomodado la bata que estaba tapando la torta. Una manga colgaba en el borde. La puse en su sitio, pero la tela era tan resbaladiza que una punta de adelante y un pedazo del cinturón se salieron del canasto. Como de todas formas quería ocuparme en algo, saqué toda la bata para acomodarla bien. Y mientras me esforzaba en darle forma al montón de seda, sentí en la suavidad de la tela algo duro, plano, anguloso, cuadrado, del tamaño de una postal. En uno de los bolsillos vi de inmediato la esquina de un sobre azul. Halé una punta y me encontré con mi carta para Eva-Maria. Cerrada, sin tocar, sin que la hubieran abierto con vapor y luego la hubieran pegado, porque ese acto de curiosidad se reconoce en el borde arrugado.

Debí haber calculado la posibilidad de que a mi tía se le olvidara entregarle la carta a Eva-Maria. Después de todo, su capacidad de olvido es bien conocida por todos. Es tan despistada que en cada estación pierde cinco paraguas, cuando se baja del auto sólo logra apagar las luces la segunda vez, y olvida las citas que no anota en el calendario con letra bien grande. Sospecho que en su cerebro sólo cabe un pensamiento. Dicho en el lenguaje Apple: su disco duro es mínimo, no le cabe más que "Dar carta a Eva-Maria". Y si antes de que hubiera vuelto mi prima la aseadora le había dicho "Comprar desinfectante para el baño", seguramente había tenido que borrar del disco duro "Dar carta a Eva-Maria" para almacenar el nuevo encargo.

Que yo no hubiera calculado algo así y me hubiera regalado una semana de locura es, en el fondo, típico de alguien que se echa con gusto al hombro un morral lleno con las penas de la vida.

¿Me tranquilizaba tener en la mano la carta sin abrir? Más bien me sentía como una ficha del juego Hombre no te Enfurezcas, cuando a uno le toca volver a empezar desde el principio. En todo caso, oprimí el botón de la ventana y cuando el cristal se hundió en la puerta, arrojé la carta al viento. Al principio no se quería separar de nosotros y se quedó pegada al vidrio de atrás durante varios kilómetros, hasta que de un frenazo mi madre la hizo salir de donde estaba y empezó a revolotear por la calle.

Eva-Maria no se dio cuenta de nada. Se limitó a fruncir la frente cuando el viento le agitó la revista, pero no tuvo que soportar la molestia mucho tiempo porque mi tía se quejó –"¡No me aguanto ese viento!"– y tuve que volver a subir el vidrio.

Pasé el resto del viaje encogido en el asiento, la cara contra la ventana, los ojos cerrados y el cerebro pseudoactivo. Trataba de hablarme constructivamente. "Tranquilo, la ficha volvió al principio y ya no hay motivo de pánico", me dije, así que debía ser capaz de pensar normalmente y decidir cómo portarme con Eva-Maria.

Pero el amable consejo de mi ego no me ayudó en nada; seguía indeciso. ¿Pretender que no había leído el

cuaderno rojo y simplemente esperar? ¡Humillante! Mejor
echarle en cara a Eva-Maria que conocía sus
sentimientos. ¿Pero cómo? ¿Frío, cínico, sin mover ni
una sola pestaña? No podía. ¿Decirle cuánto me había
herido que me hubiera robado al único ser al que le
tenía confianza, con el que me sentía seguro y protegido?
¡Lamentable tontería indigna de mí!

De pronto me acordé de *La gaya ciencia*. Hacía
varias semanas había metido ese libro en el morral
para hojearlo el fin de semana. Si no podía llenar mis
vacíos sobre Nietzsche, al menos les haría ojales a los
huecos. Pero cada vez que había abierto el librito lo
había vuelto a cerrar: no lograba penetrarlo. Sólo una
frase que estaba al principio de un párrafo me había
caído muy bien. La había subrayado con rojo aunque
el libro es de mi madre y a ella no le gusta que uno
los raye, porque ese día mi tía nos había apurado
para irnos. La frase decía: "Una es la necesidad. Darle
al caracter estilo –¡un arte grande y poco común!"
Creo que eso quiere decir que la existencia humana
sólo es soportable cuando se logra poner ética y estética
bajo un mismo sombrero.

Hundido en el asiento del auto, de pronto esa
necesidad me pareció un consejo útil para mí: "Debo
integrar el arte grande y poco común en la conversación
que voy a tener con Eva-Maria para presentarle todas
mis demandas éticas de acuerdo con mi carácter,
estéticamente lleno de estilo. ¡Sólo el que tiene un carácter
así está inmunizado contra las tonterías de una prima
malvada, solapada e insensible!"

Llegamos a la casa de campo y yo todavía no tenía una idea concreta de cómo unir mi ética y mi estética de los fines de semana.

Por eso me bajé del vehículo, abrí el baúl, agarré el morral, pesqué *La gaya ciencia* y corrí a sentarme en el pasto a estudiar a Nietzsche. Detrás mío oía las quejas de las hermanas, furiosas porque no les había ayudado a entrar lo que habíamos llevado.

¡Fue la locura total! Primero, porque me senté encima de un hormiguero que estaba tapado con una mata de tomillo, y segundo, porque las frases que estaban antes de la frase subrayada con rojo no me dieron instrucciones para el aprendizaje del arte grande y poco común. Allí decía: "Sólo el que lo practica, el que tiene una visión clara de lo que le ofrece su naturaleza en fuerzas y debilidades y logra integrarlas en un plan artístico hasta que tengan su sitio en el arte y la razón y hasta que la debilidad todavía encante al ojo..." ¡O algo parecido! Y "hay que llenar la segunda naturaleza y derribar la primera, en largo ejercicio y trabajo diario para esconder lo feo o darle un sentido sublime". ¡Y muchas otras bobadas por el estilo!

Renuncié a leer el último par de líneas que seguían y me puse a quitarme las hormigas. Histérico como estaba, no distinguía cuándo tenía una hormiga o cuándo mis nervios simulaban el hormigueo, así que corrí a la casa y me metí en el cuarto de baño. Quería quitarme la ropa y ducharme.

Allí estaba la separada con una gruesa capa de crema lila en la cara y en el cuello. Ella acostumbra empezar el regenerador fin de semana con una mascarilla de belleza.

En los ojos de una persona cubierta con crema no se distinguen las emociones, y la gruesa mascarilla no dejaba ver la frente fruncida de mi madre ni las comisuras de sus labios caídas. Esa tranquilidad duró sólo hasta que estiró una pata en dirección a mi libro y refunfuñó:

—¡Las mujeres tenemos que descargar todo mientras el señor lee a Nietzsche! ¡Típico que ese loco te aporte algo!

No quise decirle que ese loco no me había aportado nada y la mandé al diablo con el dedo. Ella tomó el jabón de lavanda tamaño familiar y me lo arrojó a la cabeza.

—¿Estás loca? —le grité. Salí del cuarto de baño y me fui al excusado, me desvestí e inspeccioné la ropa. Me acababa de sentar en el inodoro y les había dado vuelta a los pantalones para buscar las hormigas, cuando oí a mi tía. Al principio no le hice caso, pero ella tocaba a la puerta cada cinco minutos y decía que era "grande"; si fuera "pequeño", decía, iría detrás de un arbusto. Como no quería oír detalles sobre la evacuación del intestino de mi tía, me puse la ropa, más o menos libre de hormigas, y salí del baño.

Mi morral seguía junto a la puerta. Saqué un suéter, me lo amarré a la cintura y salí de la casa. Mientras caminaba lancé el libro de Nietzsche sobre el abono, sospechando que no era bueno. "Como mi mamá piensa que Nietzsche es un loco", me dije, "no le importará que bote el librito, ¡y a mí tampoco!"

Pensaba caminar por bosques y prados hasta que las tres damas se hubieran acostado a dormir, para luego instalar en la sala un campamento nocturno de emergencia.

## 14

*Del fracasado intento por restaurar mi relación con la naturaleza y de mis problemas para relacionarme con la gente del lugar y con los forasteros.*

Puede que yo hubiera sido un pasable amante de la naturaleza si de niño me hubieran expuesto más a lo verde, a lo que germina. Pero no fue así. Mi madre y mi abuela me llevaban a piscinas públicas y parques muy bien cuidados, con sembrados de flores muy ordenados y canchas de tenis, y a otros sitios de recreación urbanos. Y si durante las vacaciones había naturaleza, era en playas de arena sin vegetación, entre olas saladas y lindos oasis abonados químicamente, libres de toda maleza o bicho, instalados por jardineros mal remunerados para huéspedes que pagaban muchísimo dinero en hoteles de cinco estrellas. O íbamos a sitios invernales con pistas de nieve artificial, bloques de hielo también artificiales y sillas plegables en las terrazas de las cabañas.

Por eso no pude establecer un contacto más estrecho con la naturaleza de mi tierra, y sin eso es muy difícil amarla, y si uno no la ama no siente al verla una alegría especial.

Cuando mi tía compró y renovó la casa de campo quise recuperar esos valores. Me obligaba a entregarme a la naturaleza, según las indicaciones del acróbata de religión del año antepasado. Él decía que a cualquier incrédulo de buena voluntad le sería otorgada la gracia del Señor siempre y cuando rezara larga e intensamente. Yo concluí que lo que se aplicaba a Dios se aplicaba también a la naturaleza, en la cual muchos hombres perciben su obra.

Cada fin de semana en la casa de campo escalaba solo alguna colina con vista al amplio paisaje. Me sentaba a observar la naturaleza con el brillo del sol, con neblina, con tormenta, con calma, con tempestad y hasta con nevascas. Me internaba en el bosque, observaba fijamente el cielo y analizaba el juego de luces y sombras sobre las copas de los árboles. Descalzo en los arroyuelos, metía los pies desnudos en el agua helada y con ellos tomaba guijarros. Trepaba en las gigantescas piedras que rodean la casa de la tía, me acostaba sobre ellas bocabajo y chapoteaba en el granito calentado por el sol buscando el contacto con las piedras. Incluí en el ejercicio a la nariz y las orejas. Como un viejo cerdo en busca de trufas, olfateaba el suelo, olía la corteza de los árboles, las flores, los tallos y las hojitas, tomaba por la nariz el crudo aire de la mañana y la suave brisa del mediodía, escuchaba el canto de los grillos, el zumbido de los abejones, el grito del cuco, el maullido de los gatos y Pan sabrá a cuántos animales más.

Pero después de un año renuncié a mis esfuerzos porque no me habían aportado nada. No disfrutaba la naturaleza ni un poquito más que antes. No me desagradaba, tampoco me asustaba, simplemente me era bastante indiferente.

Eso me frustraba, no sólo porque se me escapaba un placer dado a otras personas sin esfuerzo, sino por la simple reflexión de que yo mismo soy un pedazo de naturaleza, aunque un poco enclenque. No soy sólo espíritu, y me debo entender como una comunión de naturaleza y alma, porque mi espíritu no existe solo y autárquico. Si no hubiera oído y leído lo que otras personas han pensado, me hubiera quedado tonto. Sólo la unión con el espíritu de otros hombres hace avanzar mi propio espíritu. Lo mismo debía de suceder con mi parte de naturaleza en unión con el resto de la naturaleza. Pero si a pesar de mis esfuerzos no sentía la más mínima comunión con ella era porque algo en mí no funcionaba, y si eso no cambiaba, mi ser nunca llegaría a ser "un todo".

Ese sábado, mientras caminaba por prados y bosques, no me iba mucho mejor con la naturaleza. Ella estaba allí y no me molestaba, pero eso era todo.

Estaba en relación con el enclenque pedazo de naturaleza que soy yo cuando sentí un hambre devoradora, nada raro si se tiene en cuenta que no había desayunado, comido medias nueves ni almorzado.

Traté de sentir la misma molestia estomacal del otro día porque estando así uno no quiere comer, pero no pude: mis intestinos no querían tañer el arpa, mi estómago seguía gruñendo. Decidí ir al pueblo a conseguir algo de comer. Sabía que la tienda de víveres cierra al mediodía y debía ir a la fonda, un sitio que me inspira temor porque allí se reúnen los hombres de la localidad a jugar cartas y a tomar cerveza y yo no sé cómo tratarlos.

Una vez que fui a almorzar allí con las tres mujeres de la familia porque a mi tía se le había olvidado la carne en la casa, el gordo hostelero me sirvió un jarro grandísimo con licor de frutas, señaló la mesa vecina, donde estaban dos muchachos que se reían como tontos, y me explicó:

—Es un regalo de los jóvenes de la mesa del lado.

Mi madre murmuró:

—No te lo tomes, o en un minuto estarás borracho.

Mi tía le dijo a mi madre:

—Si no se lo toma, los va a ofender.

Mi tía siempre trata de integrarse a la comunidad y no hace nada en contra de las reglas. Y como mi madre no quiere hacer nada que choque contra las intenciones de integración de mi tía, cambió la indicación:

—Levanta el vaso, hazles una inclinación con la cabeza y toma un poco de esta cosa.

Obediente, levanté el jarro y me lo llevé a lo labios, saludando a los tontos. Ellos, ya más o menos borrachos, dijeron "Fondo blanco". Como me había molestado que la separada me obligara a esa acción tan tonta, me tomé todo el licor de una vez, y eso hizo que los tontos fueran a nuestra mesa, me dieran una palmadita en el hombro y dijeran que, en contra de lo que imaginaban, yo era más o menos chévere.

A duras penas logré caminar a la casa de la tía, hice una pirueta para sentame y caí dormido debajo del ciruelo. Mi madre y mi tía me tuvieron que cargar y llevar a la cama.

Ese sábado no pensaba entrar en la oscura posada. Afuera hay dos parasoles de Coca-Cola, uno a la derecha y otro a la izquierda, y debajo de cada parasol hay una mesa con cuatro asientos. Allí pensaba sentarme.

Cuando doblé la calle vi a dos personas debajo del parasol de la derecha. Una de ellas llevaba una falda verde amplia y larga y la otra un pantalón corto rojo encendido. Como las mujeres de por allí evitan la posada como la peste y no van ni con los hombres, pensé que sería un par de turistas y que no me iba a tocar enfrentar a la gente del pueblo, así que seguí adelante con valentía.

Luego vi que eran el hermano y la hermana Pribil. Los Pribils son vieneses y tienen en el pueblo una enorme casa de campo renovada, con techo de tejas, portón tallado y un montón de adornos en la fachada. Mi tía no es amiga de ellos y se limita a saludarlos porque hace muchos, muchos años, mi ex tío tuvo uno de sus tantos amoríos con una prima de la señora Pribil. Mi paranoica tía imagina que los Pribils conocen todos los detalles de la aventura de su marido y se la pasan hablando de eso. Yo apostaría que no tienen idea de la historia. ¿Quién va a admitir voluntariamente que se enredó con un tipo como mi ex tío? ¡Cualquier mujer medio normal tapa un error así!

El hermano y la hermana Pribil me miraron. Estaban con las piernas estiradas en las sillas blancas de plástico, como si fueran playeras, cada uno con un jarro de cerveza en la mano. Sabían quién era yo y yo también sabía quiénes eran ellos, pero nunca habíamos hablado porque siempre los veía cuando estaba con mi tía y había tenido que ignorarlos. Eva-Maria no había querido tratarlos. Sus intentos de aproximación cuando nos los encontrábamos en la tienda fueron rechazados por mi prima, que no le gusta sentirse relegada y sabe que la hermana Pribil está muy bien formada: de caderas estrechas, busto puntiagudo, talle pequeño, cabellos rubios claros, ojos azul violeta de Parma, pestañas largas y nariz noble.

Del hermano Pribil, que es muy parecido a la hermana, sí le hubiera gustado hacerse amiga, me di cuenta el año pasado en la fiesta de la iglesia. Él estaba solo en un puesto donde vendían cortadores de repollo y barriles para chucrut y Eva-Maria quería acercarse, aunque no le interesan esas cosas, como le hice notar yo. Ella me agarró de la mano con ojos brillantes y allá fuimos. Estábamos a pocos pasos de los cortadores y los barriles cuando se acercó la hermana Pribil. Mi prima paró y comentó con desagrado: "¿Es que esa vieja no puede dejarlo solo ni un minuto?" Después dio la vuelta, me arrastró y dijo: "¡Tienes razón! ¡Esas cosas no son interesantes!"

Pensando en la perturbada relación con Pribil *&* Pribil, al pasar delante del parasol de Coca-Cola pensé si era mejor ignorarlos e irme a la posada del pueblo vecino, a dos kilómetros. No por la paranoia de mi tía ni por la antipatía parcial de mi prima, sino porque no sabía cómo tratarlos. ¿Debía decir "Buenos días" y nada más? ¿O era mejor hacer de cuenta que no los había ignorado durante dos años y ponerme a conversar? Ambas cosas me disgustaban, pero mi estómago se rebelaba a caminar otros dos kilómetros. Por eso fui a la mesa de la izquierda, dije lo más neutralmente posible "Hola" en dirección a la mesa de la derecha, y me dejé caer sobre el plástico blanco.

Pribil *&* Pribil levantaron los jarros, dijeron sonrientes "Feliz día", brindaron en dirección mía y se acabaron lo que les quedaba en los jarros, mirándome con interés por encima del borde del vidrio. Yo me estiré en la silla y miré atentamente al cielo, es decir, a las varillas del parasol.

–Para ordenar tienes que entrar. Acá no viene nadie –dijo la hermana Pribil.

–Y cuando vayas –dijo el hermano Pribil– pide otras dos cervezas para nosotros.

Yo me paré y entré en la posada.

## 15

*De mi falta de firmeza y de
un pensamiento relámpago
que me hizo proponerme un
objetivo, dejando de lado la
filosofía.*

La fonda estaba repleta y olía muy mal. La mayoría de la gente de por allí les da a las vacas comida de silo, y esa cosa hiede como una mierda azucarada en fermentación. Al que la manipula dos veces al día se le queda pegado el olor, que se convierte en una bomba apestosa. Cuando veinte de esas bombas están sentadas en el salón de una posada, el olor narcotiza.

Luchando por respirar, tuve que esperar cinco minutos en el mostrador hasta que el hostelero se dignó levantarse de la mesa donde estaba jugando cartas con tres granjeros y me atendió, suspirando.

No me pareció apropiado tomar agua mineral con los Pribils, que estaban tomando cerveza, así que pedí tres cervezas y pregunté qué había de comer.

–La cocina se abre en dos horas –dijo el hostelero.

Le respondí que me contentaba con pan con queso o salchichón o con simple mantequilla. O con un pedazo de torta.

Él dijo:

–¡La señora no está!

No me atreví a pedirle que preparara él mismo el pan. El tipo abrió tres cervezas, las puso en una tabla, encima de cada una puso un vaso y después volvió a su juego.

Tomé de una mesa desocupada la canastilla del pan con dos mendrugos y una mosca muerta adentro, la puse con las cervezas, salí de la inhóspita hostería con un campaneo de vasos y botellas y les serví a Pribil & Pribil el encargo.

–Si no eres ermitaño, siéntate con nosotros –me invitó el hermano Pribil, y la hermana Pribil corrió una de las sillas de plástico que estaban libres.

Me senté entre Pribil & Pribil y me lancé sobre uno de los pedazos de pan duro. La rapidez con que me lo comí hizo que la hermana Pribil me preguntara:

–¿Estás muriéndote de hambre?

Asentí y seguí tragando.

–¿No tienes dinero para algo mejor? –preguntó el hermano Pribil.

Le informé con la boca llena que el hostelero no quería servirme.

–¡Eso lo arreglamos ya mismo! –la hermana Pribil se levantó y caminó a la posada. El hermano Pribil la miró, y me explicó:

–Ese viejo chivo está tan interesado en mi hermana, que si ella le dice hasta se pone a hacer milanesas –con la esperanza de algo mejor, dejé el pan en la canastilla y saqué la mosca muerta. El hermano Pribil tomó una de las botellas y repartió el contenido en los tres vasos; después se tomó un buen trago, se limpió la cerveza del labio inferior, me sonrió y dijo–: Ya estábamos pensando que tú y la perrita nos creían intocables.

Dos semanas antes le habría caído encima a cualquiera que se hubiera atrevido a comparar a mi prima con un perro. Pero ahora me pareció muy bien. Le sonreí, encogí los hombros y dije con amabilidad:

–¡Ni idea de por qué nunca nos hemos hablado!

–¿Sabes jugar tenis? –preguntó el hermano Pribil.

–Más o menos –dije, subvalorando mis capacidades. La verdad es que juego bastante bien. Después de todo, la separada es socia del club de tenis más elegante de la ciudad. Pero desde que va a la casa de campo su amor a los bailes con peloticas y a la vida social del club ha disminuido mucho, y eso que era muy aficionada. Muchas de sus relaciones cortas eran hombres solteros del club, o a lo mejor no todos, pero si no renunciaba a los casados lo había mantenido en secreto. En todo caso, yo pasé muchas horas de mi infancia en la cancha de tenis y recibí en la derecha, apenas pude sostenerla, una raqueta. Eso era comentado con humor entre los socios, "Ahí brinca una raqueta con un enano", y además me produjo una inflamación crónica en los tendones del brazo derecho. Pero jugaba con gusto porque lo hacía muy bien y recibía muchos elogios. Después de todo, a uno le gusta que reconozcan no sólo su capacidad intelectual sino también física. Claro que cuando el entusiasmo de la separada por el tenis se evaporó y no pude seguir yendo con ella al club, a mí me pasó lo mismo.

Tomar el tranvía de ida y vuelta y a lo mejor tener que comprarme la Coca-Cola con mi mesada semanal me pareció demasiado sólo por los elogios de los tipos del club.

Recibir elogios de Pribil & Pribil era otra cosa y justificaba revivir el apolillado espíritu deportivo.

–¿Qué tal mañana? De diez a doce tenemos turno –el hermano Pribil señaló la torre de la iglesia del pueblo. Detrás está el cementerio y más allá la cancha de tenis, que hizo construir el hostelero con la loca esperanza de atraer turistas.

–*Sorry*, pero no tengo raqueta aquí –le dije.

–A nosotros nos alcanzan hasta para alimentar a los cerdos –me explicó el hermano Pribil–. Pasa por mi casa antes y te buscaremos una. Tú sabes donde vivimos.

¿Qué podía decir? La hermana Pribil llegó con una apetitosa bandeja.

–¡Mira a mi compañero de tenis! –el hermano Pribil me dio una palmadita en el hombro con la mano derecha–. ¡Me lo conseguí para no tener que jugar siempre contigo! –le dijo a la hermana.

–¿Suficiente? –la hermana Pribil me puso delante la bandeja.

No había traído cubiertos, así que tomé con los dedos el asado ahumado y grasoso y exclamé:

–¡Muy agradecido, noble dama!

Ella se me iba a sentar al lado pero en ese momento rodó calle abajo un Mercedes negro y grande, último modelo.

–Es nuestra vieja –suspiró el hermano Pribil.

El Mercedes llegó hasta la mesa y paró. Detrás del volante reinaba mamá Pribil, los cabellos platinados recogidos arriba, la piel bronceada como de india sioux, los labios color yogur de mora, los ojos azules rodeados de negro y sombra verde sapo salpicada de estrellitas plateadas. ¡Vista de cerca daba vértigo! Pero se notaba que alguna vez había sido muy bonita y muy parecida a Pribil & Pribil.

Se asomó por la ventana y casi se le salen los senos del vestido tirolés; ella gimió:

–¡Niñitos, ahora sí estoy furiosa con ustedes! ¡Están ahí tan tranquilos, tomando cervecita, cuando saben que tienen que acompañarnos a donde la abuelita! ¿Tengo que atraparlos cada vez como a pollitos vagabundos?

El hermano Pribil se tomó un buen sorbo de cerveza y se levantó.

–Mi abuela está en el hospital –me dijo–, ¡y si no la visitamos no vamos a heredar nada! O por lo menos eso dicen.

–Hasta mañana a las diez –dijo la hermana Pribil, se sirvió otro poco de cerveza y siguió al hermano al auto. Antes de cerrar la puerta me gritó–: ¡No tienes que pagar nada! ¡Anoté tu comida en nuestra cuenta!

El Mercedes se fue lentamente y lo seguí con la vista hasta que desapareció por la curva detrás de la banca de hierro. Me empaqué una gruesa tajada de salchichón y un pedazo de pan duro, y mientras masticaba se me vino a la mente una idea grandiosa, igual que una Supernova.

Era lo siguiente: Pribil & Pribil se parecen mucho, aunque creo que él es un año más joven; tienen la misma estatura y el cuerpo parecido y casi que uno diría que son gemelos. De la cabeza tampoco son muy distintos. Por eso me dije: "Qué tal: tengo a la mano a estos dos que son casi iguales, ¡un regalo de Dios para un pobre diablo que quiere saber si es homosexual o heterosexual". Sólo necesitaba tener contacto intensivo con ambos, ¡y se demostraría por sí solo de cuál me enamoraba! "Y si me enamoro de ambos, ¡soy bisexual!", pensé.

Contento, acabé lo que quedaba en la bandeja y los restos grasosos que siempre dejo; me tomé mi cerveza y también las de Pribil & Pribil y caminé algo achispado por el pueblo hacia la casa de mi tía. Había descartado la idea de caminar por ahí hasta que mis mujeres se hubieran acostado. Estaba demasiado cansado y lleno.

Mientras caminaba, caí en cuenta de que ni siquiera me sabía los nombres de los Pribils y que ellos tampoco se sabían el mío. Pero mañana lo averiguaría; además, uno puede enamorarse de personas sin nombre.

Cuando llegué a la casa de mi tía no había ni un alma femenina por allí pero el auto estaba afuera. No estaban lejos mis tres fantasmas, aunque la verdad es que me valía mierda dónde anduvieran. Me senté en el banquito debajo del ciruelo, crucé los brazos sobre el pecho y me alegró la sensación que me recorría desde la raíz del pelo hasta el dedo gordo del pie. Murmuré bajito varias veces, pero con decisión: "¡Me voy a enamorar!"

## 16

*De locuras nocturnas sobre
fuego original y llamas
azules, y de mierda de marta
cogida en el desván y tecleada
en mi computador, estando
sentado en el banquito
húmedo.*

Es domingo, son las 6:10 de la mañana y otra vez estoy debajo del ciruelo, pero ahora con el MacIntosh en las rodillas y relajado desde los crespos de la frente hasta los dedos gordos del pie. El banquito está húmedo del rocío que el sol todavía no ha secado, pero no me importa, después de la espantosa noche que acabo de pasar.

Ayer, cuando me paré del banquito y entré en la casa, mi mamá, mi tía y mi prima estaban metidas en la cocina. Me senté en la sala pero no pude disfrutarla solo mucho tiempo, porque llegó visita. Era el químico marginado del pueblo vecino, que cría ovejas, con su marginada secretaria ejecutiva. Y como ambos marginados son vegetarianos, las tres damas les sirvieron macarrones de grano entero con tofú en salsa de menta.

Yo me fui a la cocina y me escapé de ese horrible almuerzo, que tampoco habría sido capaz de comerme así hubiera tenido hambre. Allí me quedé hasta que mis tres mujeres y la visita vinieron a lavar la loza. Me volví a pasar a la sala, hasta que los cinco gimnastas volvieron con vasos, botellas de vino y agua mineral, acabando con mis ganas de tener ese espacio para mí solo. Pero volver a meterme en la cocina me pareció muy tonto y decidí acostarme a dormir. De todas maneras tenía que olvidarme de pasar la noche en la sala: la pareja de marginados es sedentaria y una vez que se sienta no se levanta fácilmente, y esperar en la cocina hasta que se fueran después de la media noche era pedir tanto como irme a dormir en paz con mi prima sin haber tenido con ella un debate fundamental. Como no pensaba que pudiéramos hablar ese día, decidí montar un campamento en el desván, sobre un colchón viejísimo.

No hay escalera que lleve al desván, pero a la entrada de la casa hay un tragaluz cuadrado en el techo de vigas de madera, de más o menos un metro. Y contra una pared permanece una larga escalera con la que uno se puede trepar en caso de necesidad.

Fui a traer mi cobija y mi almohada, quité del colchón de mi cama la sábana de lino y cargué con todo. Preciso cuando acababa de poner la escalera contra el tragaluz y pensaba en el modo más elegante de treparme, llegó la separada trayendo un vino del sótano.

—¿Se te metió el diablo en el cuerpo, hijo? —me preguntó, captando mis intenciones.

—Eso parece —le contesté. Agarré la cobija y la almohada y las envolví con la sábana en una especie de saco que me eché al hombro; tomé la linterna grande del gancho de la pared, me la metí en el pantalón y empecé a subir la escalera.

—Que te haya lanzado a la cabeza un jabón, con ira justificada, ¡no es motivo para pasar la noche allí arriba! —me gritó—. ¡Además, tú me mandaste al diablo con el dedo!

Subí dos escalones más y le dije:

—¡No sé por qué siempre piensas que todo tiene que ver contigo!

—¿Y entonces por qué estás haciendo esto, por todos los cielos?

Puso las botellas de vino en el viejo baúl, se acercó y agarró la escalera.

No quiero acusarla de haberla movido intencionalmente, pero en todo caso ese fue el resultado de lo que hizo. La parte de arriba de la escalera osciló hacia el lado contrario en que estaba apoyada, y yo, con la cabeza ya casi en el tragaluz, me balanceé.

Eso me molestó y le grité:

—¡Vieja tonta, déjame tranquilo!

En vez de darle otro empujón a la escalera en el sentido contrario, quitó las manos y quedé suspendido en el aire. Recosté todo el peso de mi cuerpo contra la escalera para tratar de hacerla volver a la posición inicial, pero me faltó fuerza. No me quedó otra alternativa que soltarme.

Como los techos de las casas de campo no son muy altos y no iba muy arriba, aterricé de culo en la cobija de plumas. A la separada le pareció muy chistoso todo eso y balaba como una cabra vieja. Le volví a decir "Vieja tonta", me eché otra vez al hombro las cosas y volví a treparme por la escalera, rojo de la ira. Ella no la volvió a agarrar sino que siguió balando, y me gritó:

–¡Deja de hablarme así!

Apenas pasé la parte de arriba del cuerpo por el tragaluz, lo vi claro: ¡ese no era el lugar apropiado para un muchacho sensible! El sol había calentado mucho el techo, olía a alcohol, a amoníaco y a podrido, y había más trastos de los que me imaginaba. Con la escasa luz que llegaba hasta allá no veía dónde levantar un campamento entre tanto trasto.

¡Pero ya no podía devolverme! Bajar y encontrarme una vieja riéndose hubiera sido demasiado humillante. A puños, despejé valientemente suficiente espacio y eso hizo que se levantara tanto polvo que casi no logro aguantar un ataque de estornudos. Luego descargué las cobijas y las empujé a un lado.

Me quedé sentado en el borde del desván, quieto, tratando de respirar entre el polvo revuelto y los malos olores, hasta que sentí los pasos de la separada que se alejaban.

La tacaña de mi tía había amontonado arriba todos los trastos del antiguo dueño de la casa, seguramente para ahorrarse lo del transporte hasta el basurero público. Entre las montañas de trastos había unos corredores libres, con montoncitos no muy pequeños ni muy distintos de las babosas. Seguro que era mierda de marta. Un guardabosque que fue una vez a visitarnos vio delante de la casa una babosa de ésas y nos la mostró como prueba de la presencia de una marta en los alrededores de la granja.

Haciendo un esfuerzo, pasé por los estrechos corredores y por encima de la mierda hasta una montaña de colchones. Al lado había una cuna viejísima y dos mesitas de noche rústicas carcomidas. Puse la cuna encima de una pila de tablas y con las mesas de noche hice una montaña. Ya tenía sitio para poner dos colchones juntos.

Cuando bajé el primer colchón brincaron varios ratones y cuando bajé el segundo colchón sólo salió un ratón rezagado. Puse la sábana y la almohada sobre los colchones y me enrollé la cobija al cuerpo como la envoltura de una salchicha para que ningún ratón curioso me royera la piel, y me dejé caer sobre los colchones.

Estaba cansado, cansado como un perro, pero no era fácil dormir en una superficie de mierda de marta. Además, el polvo me hacía toser como si tuviera un ataque de tuberculosis. Y las ganas de toser aumentaban las ganas de vomitar que me producían las babosas.

Trataba de aliviar mi lamentable estado físico con bellos pensamientos: "No lo tomes a lo trágico", me decía.

"Piensa que pronto te vas a enamorar, alégrate de ese amor, ¡eso ayuda contra la hediondez y la mugre!"

Pero yo no soy un pensador positivo. Las palabras "amor, amor, amor" rondaban en mi cansado cerebro y detrás –como la cola de una cometa– la pregunta: "¿Qué es en realidad amor?" Me acordé de haber leído una vez que la sexualidad era el fuego original y que de ella ardía la llama roja del erotismo, que a su vez alimentaba una llama azul y trémula, ¡el amor!

Me esforzaba porque esa imagen me pareciera muy bella, me imaginaba el planeta como una enorme parrilla donde ardía un fuego de carbón de palo y se desataban por todos lados millares de llamas rojas rodeadas de la sagrada llamarada azul. Pero no pude entender por qué me quería entregar a lo azul si mi problema era el fuego original.

Los hechos recientes me dieron la respuesta: porque en mi pene todavía no había ardido el fuego original y en mi cama tampoco, ni siquiera cuando Eva-Maria se me había metido entre las cobijas. ¡Y porque tampoco sé cómo alcanzar ese fuego original! Y porque entre gente civilizada lo normal es hablar de llamas azules sobre llamas rojas.

Eso me tranquilizó un poco, y como el polvo se había asentado pude quedarme medio dormido, aunque fui arrancado del sueño con una regularidad espantosa. Una vez, porque una de las mesitas de noche se resbaló del montón. Luego, porque el par de marginados ya borrachos se despidieron hablando duro.

También cuando la marta volvió de su expedición nocturna, entró en pánico al verme allí y se escabulló por los cachivaches haciendo una bulla tremenda. Y en la mañana gris me asustó un hormigueo en la nariz: una araña gordísima, tan grande que la podía ver bien aunque mi nariz es pequeña, se me había parado en la punta. Maté a la bestia con la palma de la mano y me quedaron untadas la nariz y la mano de un líquido amarillo y gris. Y cuando al amanecer vi que la sábana estaba tan salpicada de mierda de ratón como un asado de cerdo espolvoreado con cominos, porque seguramente los descarados roedores me habían visitado toda la noche, ¡fue suficiente!

Bajé por la escalera, saqué de mi morral ropa limpia y el MacIntosh, me duché para quitarme la mugre del tejado y de la araña, desayuné parcamente en la cocina con leche fría y tostadas y salí al banquito para no encontrarme con una prima que de pronto también se hubiera levantado temprano, porque no habría podido responderle la pregunta: "¿Por qué no dormiste en tu cama?"

Me llevé el Powerbook porque pienso mejor cuando escribo, y tenía que precisar ese vago asunto del amor. Pero tampoco avanzaba: frasecita escrita, frasecita borrada, frasecita escrita, frasecita borrada...

Hoy mi cerebro es una gran banda de música sin director: improvisa y no se puede poner de acuerdo sobre la pieza. Ahora está tocando el violín uno de mis músicos cerebrales: "¡El alma guarda el enigma del amor, pero el cuerpo es su libro!"

Son las últimas líneas de un poema que no sé quien escribió ni cómo sigue, pero que alguna vez se me quedó colgado del cerebro. Suena bonito, pero es una bobada que también quiere decir que el autor del *amor* silenció en el libro *cuerpo* un montón de cosas importantes. ¿O no lo estoy captando bien?

¡Mierda! ¡No quiero seguir pensando en esto! Voy a traer unas tijeras para recortar los jeans Armani. ¡No puedo jugar tenis con pantalones largos! Necesito también otros calcetines; los que tengo puestos tienen unos dibujos tan feos que toca esconderlos con pantalones largos, ¡y ni loco los voy a exponer a las miradas de Pribil & Pribil!

## 17

*De mi confusión sobre la familia Pribil, mi escaso éxito en querer ser tocado por un rayo de fuego y otras inquietudes en cuestiones del amor.*

Busqué en el diccionario de treinta y tres tomos de los hermanos Grimm de mi madre para ver cómo definen los autores de *Caperucita Roja* eso de "enamorarse". Ellos lo ponen como "hacerse a ser un amado", y así lo veía yo también cuando decidí la semana pasada enamorarme de uno de los Pribils. Pero hasta ahora no he conseguido nada, ni siquiera "hacerme un poquito" a un ser amado. Puede que enamorarse sea más un acto pasivo que activo y uno "no se haga" sino que "sea hecho".

Así lo reconocen los hermanos Grimm una línea más adelante, cuando citan a Heinrich Heine –en mi opinión resumido y poco poético–, que describió el suceso de enamorarse así: la persona 1 dispara con los ojos un rayo de fuego sobre la persona 2, el rayo aterriza en la mitad del corazón de la persona 2, que se enamora sin remedio de la persona 1.

Si no se dispara un rayo de fuego es imposible dar en el blanco de un corazón y, por desgracia, Pribil & Pribil no disparan de esos rayos. Ellos son un par de hermanos bellos, amistosos, confiables, perezosos, casi que libres del peso de los pensamientos y, por lo tanto, libres de penas y preocupaciones. Para mí son unos compañeros de ocio muy agradables porque no les importa mi estatura. El domingo por la mañana supe de dónde venía tan extraordinario comportamiento, cuando fui a recoger en su casa la raqueta de tenis: papá Pribil es un calvo que le llega a la mujer al labio inferior color yogur de mora, y el que ha sido criado por un minipadre y una maximadre no desarrolla prejuicios tontos.

Más bien yo debería cuidarme de tener prejuicios contra ellos. La casa de los Pribils es un museo campesino horroroso, en donde se trabajó una tonelada de hierro forjado para los pomos de las puertas, los marcos de las ventanas, los faroles, las lámparas de pie, los biombos y quién sabe cuántas cosas más. La producción anual de un grupo de dibujantes de vitrales cuelga de las paredes rústicas. Carretillas viejas, cunas y botijas se utilizan como macetas, un tonel de mantequilla sirve de paragüero, ruedas de madera con gruesos vidrios encima son mesitas auxiliares, y en las paredes, donde queda espacio entre los vitrales, se bambolean hoces, látigos, palas para meter el pan al horno, rastrillos y otros instrumentos de trabajo antiguos. La india sioux restauró con flores acrílicas en colores de caramelos ácidos dos viejos armarios rústicos, seguramente muy hermosos antes, con tanta habilidad manual que a uno se le inflama la mucosa intestinal.

También sorprende la manera de hablar en la casa de los Pribils. Mamá Pribil susurra como un osito de dulce y dice todas las palabras que puede en diminutivo, poniéndoles al final ito, ita, illo o illa.

Él gruñe frases monstruosas y mal construidas, que parecen sacadas de un formulario oficial. Al "retoño" le gusta hablar parcamente y sólo abre la boca cuando es indispensable, y oír lo que dice es tan interesante como escuchar una lavadora en velocidad moderada. Los viejos aceptan que los muchachos se tomen una cervecita y fumen mucho, y como máximo preguntan cortésmente si en el cigarrillito no habrá un poquito de hachís, porque eso sí no les gustaría mucho.

Tampoco les molesta que sus hijos saquen dos o tres insuficientes y tengan que repetir el curso. La hermana Pribil va en tercero y el hermano Pribil también.

Por puro tacto yo no he preguntado, pero como la hermana Pribil tiene mi edad y él es un año menor que yo, creo que ella ya ha perdido dos años y él uno. Y si vuelven a sacar malas calificaciones a finales de este mes, cuando entreguen las notas, la hermana Pribil ya habría logrado en su joven vida perder tres años, ¡un raro rendimiento académico!

Pero también los papás desempeñan un papel raro

en los fracasos escolares de sus hijos, por la manera comprensiva y paciente con que los afrontan.

Ella dice:

–¡Nuestros hijitos son unos pobres gusanitos! ¡Para ellos es una frustración terrible sacar esas notas tan malas, y que nunca los feliciten ni un poquito!

Él dice:

–El personal docente actual no logra despertar curiosidad por el conocimiento en quienes les han sido confiados, y eso puede deberse a su deficiente formación pedagógica.

Ella dice:

–Pero el año entrante nuestros niñitos serán un añito mayores, ¡y entonces sus cabecitas serán un poquito más maduras!

Él dice:

–Alimentar tales esperanzas sería confiar demasiado en los deseos de superación de la próxima generación.

Ella dice:

–Nuestros niñitos sólo necesitan un poquito más de ganas de sentarse a aprender, y eso vendrá con el tiempo. ¡Hay que tener un poquito de paciencia!

Y los niñitos, que por lo demás se llaman Mercedes-Miriam y Maxim-Marcel, oyen todo esto burlándose a escondidas, mientras cualquier hijo normal se rebelaría contra los papás y tendría diez ataques diarios. Yo, en todo caso, no me aguantaría eso ni un día. O por lo menos la charla de osito de dulce de la india sioux. Porque la manera de hablar del calvito tiene su encanto, aunque a lo mejor en eso no estoy siendo objetivo. ¡El tipo es hincha mío! Desde el primer encuentro me recibió espontáneamente en su corazón. Una vez me confió que yo era el retoño que siempre había deseado tener y que en el fondo siempre había esperado. Y piensa que ejerceré una buena influencia sobre sus dos retoños. Poco le faltó para que me ofreciera anteayer un salario por hora para que les enseñara a sus hijos a activar con más frecuencia el cerebro y mantenerlo al trote. No entiendo por qué piensa que soy el adecuado para esta ayuda cerebral. Simplemente me miró a los ojos y me dijo que podía servirles de modelo a Mercedes-Miriam y Maxim-Marcel. Y que le recordaba a sí mismo cuando joven.

Si eso quiere decir que algún día yo voy a ser como el viejo Pribil, me sometería ya mismo a la más total transformación de mi ser. Como dije, el hombre no está tan mal, pero como perspectiva futura para mí es un desconsuelo. No sólo porque parece un dedo pulgar con barba y yo no quiero verme así, sino porque se alimenta únicamente de sobras. Cuando entro en la casa de los Pribils –la de la ciudad es estilo art nouveau, sin particularidades– se me echa encima y se pone a conversar. Todo lo que me cuenta tiene que ver con él y empieza con la palabra "antes". Antes él había leído mucho, antes él había pensado mucho cómo transformar el mundo, antes él había sido de izquierda, antes él había tenido grandes ideas e ideales, antes él había querido irse de voluntario a ayudar en América Latina, antes él fue por un tiempo religioso.

Si Pribil & Pribil no me lo quitaran de encima a la fuerza cada vez, me contaría hasta media noche algo de "antes". Ahora parece que sólo se dedica a hacer dinero, como que sin mucho esfuerzo ni gran inversión de tiempo o no podría pasarse las tardes por ahí sentado.

A cada rato Pribil & Pribil me dicen que está viajando en algún país lejano. Heredó del padre una sociedad de importaciones y exportaciones; él sólo tiene que cerrar los grandes negocios y sus empleados hacen el trabajo duro. El punto culminante de su vida, dice Maxim-Marcel, fue aceptar esa sociedad. Al principio no la quería porque no coincidía con sus antiguas opiniones, pero había una cláusula en el testamento del padre que le impedía venderla: o la seguía dirigiendo, o una prima la heredaría. El dedo pulgar con barba entendió que tendría que renunciar a su cómoda vida si la prima heredaba todo y eso no era razonable para él ni para su mujer. Por eso, suspirando a medias, se volvió importador-exportador.

Y desde esa época, dice mamá Pribil, comenzó a hablar de esa manera tan peculiar, porque quería distanciarse de su trabajo y porque ningún otro importador-exportador habla así.

Que mamá Pribil hable con tono de osito de dulce también me lo explicaron Pribil & Pribil. La vieja, dicen, se niega a envejecer y cada año es más infantil. Como dice Mercedes-Miriam: "Cuando tenga sesenta años va a decir 'agú, agú', ¡como los bebés!"

Yo no tengo claro si los Pribils espantan la monotonía diaria representando esa tonta comedia, o si en realidad son como se muestran y se toman todo esto en serio. No conozco familias así. En realidad no tengo experiencia con ningún tipo de familias. No conozco las de mis compañeros del colegio porque no somos tan amigos como para visitarnos en las casas, y hasta ahora no he tenido amigos por fuera del colegio. Lo que sé de las familias viene de mi experiencia y de lo que veo entre mi tía y mi prima, y en ambos casos son relaciones de a dos. Claro que ahora que tengo tanto contacto con los Pribils las cosas van a cambiar. A propósito de tías-primas-familia: junto al teléfono de la sala de mi casa está desde hace tres días un mensaje para mí:

*"Eva María llamó, dice que la llames".*
*"Eva María volvió a llamar, dice que la llames".*
*"Eva María... ¡¡¡¡¡¡ver arriba! !!!"*

La separada no escribió cuándo llamó mi prima y tampoco me ha recordado verbalmente que la llame, aunque acostumbra hacerlo. De ahí que deduzco: ella sospecha que entre mi prima y yo no anda todo bien y quiere ser discreta y no hacer preguntas. Hay que agradecérselo porque sé que le gustaría enterarse de lo que pasa. Ese silencio hace parte de la nueva línea de conducta que se trazó conmigo desde el verano pasado, y que me cae muy bien. Que se esfuerce en cumplirla debo agradecérselo exclusivamente a Jean Paul Sartre. Cómo se llegó a eso es una larga historia, para la cual utilizaré el próximo capítulo.

Sólo una cosa más: ¡hoy al ducharme vi otra vez vello negro alrededor de mi pene y no narcisos blancos! No sé decir cuándo se fueron los narcisos porque creo que no me había mirado el pipí en los últimos días.

**18**

*De una intuición
desconsoladora, posibles
facetas del amor y la
aproximación amigable
aunque involuntaria de dos
generaciones, vía Sartre.*

Voy a referir cronológicamente lo que pasó
la semana pasada. El domingo antes de las
diez de la mañana llegué al "museo" de los
Pribils cuando todavía se estaban desayu-
nando. Me invitaron a acompañarlos y luego
me fui con Pribil & Pribil a la cancha de tenis,
de donde salí triunfante dos horas después, a
pesar de que tenía los músculos de la espalda
tensionados por el incómodo campamento de
la noche anterior. ¡Pribil & Pribil son grandio-
sos fracasados en este deporte! Siendo tan
malos, no entiendo por qué les gusta tanto. A
lo mejor porque la vida en general les divier-

te; también al colegio van con gusto, algo raro teniendo en cuenta su pésimo rendimiento académico.

Después me invitaron a almorzar: había salmón con espinacas y un postre de dos pisos de cerezas al horno poco cocinadas. No me hubiera imaginado que la india sioux era tan talentosa.

Papá Pribil nos llevó a la piscina y allí nos quedamos toda la tarde. Comprobé que Pribil & Pribil no nadan mejor de lo que juegan tenis: chapoteaban sin estilo, como cachorritos. ¡Lógicamente nadar también les gusta! Ni siquiera les daña el genio que la nariz se les ponga roja de tanto sol y tan poca crema protectora. ¡Nunca me había topado con unos tontos de ese calibre!

Ni siquiera les habría afectado el genio una bienvenida como la que me tocó a mí. Eran las seis de la tarde cuando me bajé del Mercedes de los Pribils y papá Pribil se despidió con un "Muchacho, sigue siendo un valiente". Yo estaba tranquilo porque normalmente nos vamos después de comer, como a las diez de la noche, para escapar a la congestión del tránsito del domingo. Pero la separada, que estaba en la puerta de la casa, se me echó encima apenas llegué, como si la hubiera picado un avispón.

–¡Esto ya es demasiado! –gritaba, y movía el brazo derecho de un modo extraño. Parecía que hubiera querido pegarme pero evitaba a toda costa esa conducta; como habría sido la primera bofetada materna en toda mi vida, descarté la idea.

–¿Qué es demasiado? –le pregunté, confundido. Movió el brazo más rápido todavía y gritó que no me hiciera el tonto, que yo sabía muy bien qué era demasiado–. De verdad no sé –le dije. Entonces se contuvo, utilizó un tono más soportable y dijo que yo había cometido el delito de salir sin avisar a dónde iba, con el agravante de que no había dado noticias mías durante todo el día, y que además había llegado muy tarde porque hoy se querían devolver a las cuatro. Ella había pensado ir a un concierto pero ya era muy tarde, y por culpa mía se había perdido dos horas de Gustav Mahler en compañía de un agradable colega.

–¿Y yo cómo iba a saber eso? –le pregunté–. ¿Por qué no me dijiste?

Ella gritó:

–¿Cómo te iba a decir si no estabas y no sabía dónde conseguirte?

–Tienes razón –tuve que admitir–. Pero hubieran podido irse sin mí, que yo habría conseguido cómo llegar a la casa.

Mi tía, que había seguido la conversación desde la casa, salió como el cuco de reloj y gruñó:

–¿Y cómo íbamos a saber que ahora eres íntimo de los Pribils y ya no dependes de nosotros para volver a la casa?

Dos mujeres regañando era demasiado, así que me entré pasando entre ellas. Mi morral seguía en la entrada. Lo tomé y les dije:

–Entonces vámonos ya, si hay tanta prisa.

Las mujeres me habían seguido. Mi madre renegó·

–¿Ah, sí? ¿Como tú ordenes?

La tía cacareó:

–Ahora vamos a comer. ¡No hemos probado bocado por estarnos preocupando por ti!

Yo me senté en el baúl.

–¡Bueno, pues entonces coman! –les dije.

–Gracias por el permiso –exclamó la separada, y caminó ruidosamente a la cocina. Pero en la mitad del camino se detuvo, dio la vuelta y miró con ojos entrecerrados la mitad inferior de mi cuerpo:

–Estos son... estos son –balbuceó, acercándose lentamente. Y cuando estuvo bien cerca mío lanzó un gemido primitivo–: ¡Mis jeans Armani!

Cierto que no es lo más correcto recortar los jeans de otras personas sin antes pedirles permiso. Pero ella tiene muchos y éstos los había conseguido en una ganga dos tallas más pequeños. Varios meses estuvo el bluyincito tirado por ahí, y ella suspiraba cada vez que lo veía y decía que nunca iba a volver a comprar ropa en realizaciones sin medírsela antes porque luego no la cambian, y que no iba a aguantar hambre para bajar dos tallas. Es mezquino disgustarse cuando alguien usa una prenda que uno no puede ponerse, pero decidí no sacar eso a colación y me limité a opinar, pacíficamente:

–Descuéntame los jeans de mi mesada, por cuotas.

Ella resopló:

–¿Es que no sabes cuánto cuestan unos jeans Armani?

Todavía más pacíficamente, le dije:

–Me imagino que me puedes dar un buen descuento por unos jeans que no te quedan buenos.

A ella la saca de quicio que me quede tranquilo cuando está histérica. No lo aguanta. Empezó a temblar como un pudín al viento y pataleó igual que los niños chiquitos. Por poco me saca la lengua.

La tía llegó a ayudarle, la tomó del brazo, le dijo "No te dejes alterar por este monstruo adolescente" y se la llevó a la cocina.

Yo me quedé sentado en el baúl y tuve que esperar una hora hasta que las tres damas comieron, empacaron y estuvieron listas para el viaje. En esa hora vi pasar a Eva-Maria varias veces. No intercambiamos ni una sola palabra y evitamos mirarnos, pero hasta donde alcancé a ver por el rabillo del ojo, parecía deprimida, y tuve que admitir: ¡la perrita deprimida me daba lástima! Traté de entender por qué me sentía así. No tenía motivos. ¡La muy bribona me había traicionado y vendido, había sido más traidora y cerda que todos mis compañeros de clase, los muy cerdos y traidores!

Me dije que uno no se desacostumbra tan rápido a los sentimientos positivos, y que el amor que yo había sentido por mi prima no era poco, por lo menos comparado con la cantidad de amor que siento por el resto de la humanidad. Y entonces me pregunté: "¿Quién te dice que ya no amas a la perrita? A lo mejor tu amor tiene ahora nuevas facetas: un poco de odio, una pizca de repulsión y algo de rabia podrían tener cabida en la vaga unión entre dos almas, que se llama amor". Si no me hubiera sentido observado, seguro que habría empezado a llorar, presa de esa desconsoladora intuición. Pero me contuvo la posibilidad de mostrarme ante las damas con la mirada aguada.

El viaje de regreso fue absurdo. Los cuatro íbamos sentados en el auto como si fuéramos muñecos de plástico para accidentes de tránsito simulados, rectos como velas. Nadie habló, y sólo cuando mi madre paró en la casa de mi tía le dijo al bajarse: "Hablamos por teléfono"; y la muñeca de prueba de atrás murmuró entre dientes antes de bajarse: "Buenas noches". Las dos tuvieron que tomar ellas mismas sus cosas y yo seguí jugando al muñeco de prueba.

Estaba liquidado cuando llegamos a la casa y no quería hacer otra cosa que irme a la cama, pero la separada quería tener una conversación de madre a hijo. La rechacé, pero ella se paró en la puerta de mi cuarto antes de que pudiera escaparme. Puso los brazos en el marco de la puerta y explicó, hosca:

–¡No te vas a ir a dormir antes de que hayamos aclarado todo esto!

Cuando ella está como un chivo testarudo hay que ceder. Si hubiera entrado en mi cuarto a la fuerza y hubiera cerrado la puerta, mi madre se habría quedado parada allí toda la noche, golpeando. Así que me quedé frente a ella en el pasillo y le dije:

–En caso de que todo esto no tenga que ver únicamente con los jeans recortados, debes saber que estoy totalmente golpeado sicológicamente desde todo punto de vista, porque el principio cósmico del amor, que sujeta y une al mundo en la plenitud de sus fuerzas y formas, ¡en mí sólo ha producido un caos incontenible!

Esta frase sublime hizo que quitara las manos del marco de la puerta. Con la mano derecha se cubrió los labios, seguramente para ahogar un grito de inconformidad, y con la izquierda se agarró el estómago, seguramente porque le parecía indigerible lo que había oído. Yo me escurrí por un lado y entré en mi cuarto. No podía cerrar la puerta porque habría golpeado a la persona que estaba en el umbral y no quería ser responsable de un accidente de nariz. Pero mis consideraciones la hicieron adoptar una distancia respetuosa con respecto a mí:

–¿Qué quiere decir eso?

Me desvestí, me metí debajo de la cobija y le dije:

–Precisamente ese es mi problema, ¡que no sé como se llama eso! –y de debajo de la cobija le grité–: Y que el amor según su esencia sea el proyecto de dejarse amar, ¡tampoco me ayuda gran cosa!

–¡Eso es de Sartre! –sinceramente conmovida, la separada me miró como si de repente hubiera descubierto entre las muchas baratijas de una ropavejería a un osito de peluche idéntico al ejemplar adorado de su infancia. Dio un pasito dentro del cuarto y dijo con vocecita de canción de cuna:

–El objetivo del amor es influir en la libertad de otros, pero dejar la libertad intacta. ¡Ella misma debe decidirse a convertirse en amor! –y después de una pequeña pausa de recogimiento, añadió–: ¡No sabes cuánto me interesó eso antes!

Yo le dije, alzando la cobija:

–¡Linda frase, pero en este momento no la puedo disfrutar!

Ella dio otro paso:

–Quiere decir que desear ser amado es querer obligar al otro a crear a esa persona continuamente de nuevo, como condición para su libertad –después me dedicó una mirada de besamanos, salió de mi recámara y cerró la puerta tan suavemente como si dejara el aposento de un enfermo de muerte. Probablemente se fue a su cuarto a leer a Sartre e igual de probable es que otra vez me quisiera mucho, mucho, mucho, porque se sentía unida a mí gracias a Sartre. Siempre busca un "punto de apoyo para poder penetrar mi cabeza testaruda" y, como ella misma martirizó su cerebro de adolescente pensando qué quiso decir el tío Sartre con eso del amor y la libertad, esta vez pudo decirse con toda tranquilidad: "Aunque casi no parezca, el fruto de mi cuerpo es realmente de *mi* cosecha".

Toda la semana conservó la mirada de besamanos, además sin dificultad, porque casi ni nos vimos. Yo pasaba todas las tardes con Pribil & Pribil y también casi todas las noches. Íbamos a cine a ver películas de invasiones de extraterrestres, enanos asesinos de niños o el drama de amor de alguna cantante borracha. A Pribil & Pribil les gustan esas cosas. No es que crean que esa locura es buena, pero les encantan las tonterías sin sentido. Desorientado, yo me sentaba en el sofá de terciopelo entre los dos que se reían, tomaba palomitas de maíz de las bolsas a la izquierda y a la derecha y trataba también, sin éxito, de sacar placer de la pantalla.

Por las tardes descubrí con ellos otras formas de vida. Malgastábamos el tiempo en restaurantes baratos

y tomábamos Coca-Cola. La cerveza es para Pribil &
Pribil una bebida rural del fin de semana. Les basta tomar
Coca-Cola a sorbitos y mirar a la gente pasar, diciéndose
cada par de minutos algo simple, como "Tengo hambre"
o "Necesito otra Coca-Cola".

Pribil & Pribil me han hecho adquirir en el colegio
un prestigio que va en aumento. Michael y Anatol me
vieron con ellos el otro día y estaban impresionados de
que me metiera con "esa gente". No sé por qué hablan
así de Pribil & Pribil, ni por qué eso les gusta. En todo
caso, ahora Alexander, Michael y Anatol me preguntan
todos los días si tengo tiempo para pasar la tarde con
ellos, seguramente con la idea de hacerse amigos de Pribil
& Pribil, porque hasta ahora ninguno había estado ávido
de mi compañía vespertina. No pienso darles ese gusto
pero es divertido hacer comentarios vagos sobre los
Pribils, que ellos comparten en secreto con los demás de
la clase, de modo que me incluyen en las conversaciones
cumbre de los recreos. Lástima que ahora estemos en
plena época de exámenes finales y que por pánico a los
cinco muchos no participen activamente en las
habladurías sobre mí.

Me molesta mucho ese temor a los cinco todos los
años antes de las vacaciones. Yo nunca tiemblo porque
mi rendimiento académico jamás se acerca al cinco y
porque los cinco me son indiferentes. Y cuando un
desinteresado por las calificaciones anda entre histéricos
por ellas, se vuelve más marginado de lo que ya es. Ayer
en el recreo, antes del último examen de matemáticas,
estaba en mi asiento tratando de meter las cuatro bolitas

plateadas en los ojos del monstruo de Marte del juego de Michael, cuando un puño me aplastó el cráneo. Perplejo, miré hacia arriba y vi a Marcus detrás, contemplándome con amargura. Me dijo:

–¡Culo de mierda falto de solidaridad!

Rascándome la cabeza, le pregunté:

–¿Cómo así?

Él dijo:

–Nosotros nos cagamos de susto con el examen de matemáticas, pero a ti no te importa, ¡te quedas tranquilo haciendo rodar bolitas!

No quise preguntarle qué comportamiento consideraba adecuado para mí, porque no creo que exista uno que le parezca adecuado. No puedo fingir que estoy cagado del susto porque entonces sí que dirían: "¡Bonsai saca uno y finge que tiene miedo!" ¿O debo hacerme el que no me importa, pero aparentar compasión por ellos? No sabría cómo. Cuando alguien quiere llenar sus vacíos de conocimiento, siempre le doy la información que busca lo mejor que puedo. Y en los exámenes ayudo si me lo piden, he hecho trampa y he pasado papelitos. No es mi culpa si luego el profesor se da cuenta de que la solución al problema de matemáticas era mía, porque yo los resuelvo de manera poco "ortodoxa": como me despisto en las clases, busco soluciones distintas de las que nos han enseñado.

Pero hay varios en la clase a los que les va muy bien en matemáticas y no son considerados culos arrogantes. Anita, la que se sienta detrás mío y casi siempre saca uno en matemáticas, se estaba pintando las uñas cuando Marcus me pegó en el cráneo. ¿Por qué no le dijo también a ella que era un culo falto de solidaridad? Porque ella no es Bonsai, ¡y contra mí todos pueden descargar su agresividad según el gusto y el estado de ánimo!

## 19

*De cómo unos anteojos de aumento vencen sobre lo finito & lo infinito, Pribil & Pribil triunfan sobre lo temporal & lo eterno y yo me caliento con la suave brisa de una nubecita blanca.*

Mercedes-Miriam y Maxim-Marcel me están volviendo loco. El par de tontos me crispan los nervios pero al mismo tiempo me fascinan, me tienen atrapado en sus redes y me molesta no poderme librar de ellas. Me estoy degenerando mentalmente, e igual que un vicioso busco ese estado despreciable. Trato de convencerme de que soy un pensador en vacaciones, pero en mi nuca está anclada la sospecha de que en realidad me estoy convirtiendo en un vago, y que mi carrera de pensador es cosa del pasado.

Pero como es imposible suprimir el pasado como si no hubiera existido, no puede "pasar" y entonces se conserva. Claro que en estos momentos no puedo decir con honestidad hasta qué punto esta antigua sabiduría de los filósofos es la ansiada cinta de plata que busco en el horizonte.

Desde hace varios días tengo un par de libritos en mi mesa de noche, uno de Kierkegaard y otro de Heidegger. Son volúmenes introductorios fáciles para los que ayunan espiritualmente con el fin de encontrar luego de qué hablar con la gente inteligente. Tomé la esbelta lectura de la biblioteca de mi madre como un alimento delicado, destinado a un nuevo ascenso a la luz del pensamiento. Pero sólo logro hojearlos, aunque tengo la sospecha de que este Kierkegaard podría aportarme un montón de ideas útiles. Lo olfateo con sólo pasar las hojas: ¡existencia y temor, libertad y decisión, síntesis de lo finito y lo infinito, de lo temporal y lo eterno! De acuerdo con su gusto habitual, esto sería un buen alimento para mis pequeñas neuronas.

Pero la verdad es que prefiero estar metido en la piscina con Pribil & Pribil, amontonados como sardinas sobre un estrecho camastro de madera, que pensar cómo pasa el hombre de la escala de la estética a la escala de la ética por la vía de la aceptación de la angustia, y cómo estando solo toma consciencia de los límites de su libertad cuando capta que necesita la gracia de Dios para salir del temor y la duda, y entonces acepta voluntariamente que su fe es una fe en el absurdo.

Cuando estamos marinándonos en protector solar número 12, asoleándonos juntos y mirando el cielo con las gafas de sol Armani (dentro de poco voy a tener que pedir que me suban la mesada para poder sostener el tren de gastos de los Pribils), acostumbro poner una mano sobre la barriga desnuda de Maxim-Marcel y otra sobre la de Mercedes-Miriam. Ambas barriguitas me gustan mucho y no podría decir que siento más placer en una mano que en la otra, aunque poco importa si algo se excita debajo de mi vestido de baño. La preocupación por mi inclinación sexual parece haberse desvanecido y ya ni siquiera puedo pensar en eso.

Además, sería absurdo hacerlo cuando las lindas barriguitas a mis costados empiezan a "heideggerear", si es que mi miniactividad cerebral me permite todavía hacer tales juicios.

Por ejemplo, Maxim-Marcel dijo ayer, meditabundo: "Cuando tenga cien años habré gozado trescientas sesenta y cinco veces por cien, y entonces podré morirme tranquilo". Heidegger asegura que hay que mirar la vida desde la muerte, ya que ésta no es otra cosa que "un camino hacia la muerte".

Y Mercedes-Miriam dijo igual de meditabunda: "Más cuando a uno lo ponen en el mundo sin haberle preguntado". ¿Se acerca su comentario a la idea de Heidegger de "ser arrojado en el mundo"?

Sólo falta que ellos me den una versión simplificada del paso del verdadero yo por el miedo, la razón fundamental de estar en este mundo. ¿O eso ya está contenido en esa expresión que usan a cada rato: "Hay que pensar sólo en lo agradable porque si no saldría a relucir algo que apesta". ¿No sería legítimo reflexionar si sus yo (¿o son uno solo?) entienden mejor que el mío la futilidad y la tragedia de su existencia y han extraído de allí la consecuencia del vacío total intencionado? De todos modos da lo mismo: *I love to hate them, I hate to love them.*

Para mí estos son sentimientos nuevos. Además, estoy haciendo cosas que antes no hacía. Ayer por la tarde, por ejemplo, estuve ayudándole al dedo pulgar con barba a preparar las trampas del examen de latín que tienen hoy estos dos heideggerianos por debajo del estándar. Escribimos en 7 puntos todas las palabras que sus cerebritos no quieren retener, y que son muchas: cada Pribil tiene su propia selección. Es increíble todo lo que puede meterse en una tira de papel de 25 centímetros de largo por 4 de ancho, que cabe en el estuche del estilográfico.

Eso no se deja leer ni con ojos de lince, pero la querida mamá Pribil les consiguió dos pares de anteojos de aumento. Si se dejan resbalar hasta la punta de la nariz teniendo la cabeza inclinada, se tiene una vista aumentada del papelito guardado en el estuche del estilográfico.

Parece que hoy la cosa funcionó a medias con el latín, o por lo menos eso me contaron por teléfono Pribil & Pribil cuando me invitaron a las cinco de la tarde a una celebración familiar con champaña, caviar y los emparedados de mamá Pribil. El problema es que uno no puede confiar en que estos tontarrones hagan una evaluación objetiva de su rendimiento: saben demasiado poco latín como para juzgar si hicieron bien la traducción. Esta semana también tienen los exámenes finales de matemáticas y de alemán. En matemáticas puede que un papelito con las fórmulas les ayude, pero en alemán tendrían que meter todo el diccionario Duden en la tira del estuche del estilográfico.

La india sioux dice que sus hijitos no pueden resolver sus problemas de lenguaje, y que es una maldad que les pongan notas miserables porque eso no es estupidez o pereza, sino una enfermedad.

—Mis pobres niñitos son enfermitos sicológicos sobrevalorados –dice ella.

Y el dedo pulgar con barba dice:

—¡Habría que aclarar de quién heredaron esa enfermedad!

La india sioux no se toma a mal la indirecta y se limita a acariciarle la calva, hablando como un papagayo dopado:

—Tesorito, tú sabes que tu mujercita está en piececito de guerra con las palabritas raras, que no tuvo un papacito como el tuyo que le exigiera hacer el bachillerato, y que de otro modo se habría convertido en un genio igual que tú, y que si cambio un poquito las palabritas tú de todas maneras entiendes lo que tu ratoncita quiere decir.

Escrito, esto se lee como una perfecta estupidez, pero el que está acostumbrado a mamá Pribil lo ve con cariño. De alguna manera flota alrededor de ella una atmósfera agradable: la mujer está encaramada en una nubecita suave y cálida donde uno puede meterse con ella cuando quiere. Suena ridículo, pero es verdad.

Fue evidente que la separada se molestó cuando le contesté qué tipo de familia eran esos Pribils que tanto me atraían: cuatro seres humanos que se aman y dejan vivir.

–¡Ay, qué bonito! –dijo, y aplaudió con las manos como una niña chiquita–. ¡Seguro que ellos te dan la oportunidad de integrarte a su vida y a su amor, ¡a ti que nadie te ama y que estás impedido para vivir!

Y es que otra vez ella está molesta conmigo. Muy molesta. El mal genio le ha ido aumentando no por mi amor a los Pribils, sino porque he rechazado sus intentos de acercamiento por la vía de Sartre. Mis conocimientos sobre Sartre se limitan al par de frases que le grité el día que volvimos del campo, estando debajo de mi cobija de plumas. En el estado actual de mi cerebro sería mucho pedirle que digiera un par de volúmenes de Sartre sólo por amor a ella, para que podamos discutir el tema y me sienta "más cercano".

No entiendo por qué está programada únicamente para "o esto o lo otro": o tiene un enfrentamiento conmigo o está muy cariñosa; o pelea terriblemente o trata de hablarme toda amorosa. Obviamente hay que descontar los cortos períodos en que está henchida de amor por alguien. En esas semanas, por desgracia raras, es fácil vivir con ella. Creo que son tan escasas porque con sus amantes es igual que conmigo, y el que no está entrenado a ella desde el nacimiento sale espantado con esos baños de muy frío a muy caliente, de posesión a rechazo.

A veces me pongo a pensar qué voy a hacer cuando termine el bachillerato, sea mayor de edad y estudie. ¿Voy a seguir compartiendo el espacio doméstico con mi madre o me voy a ir a vivir solo?

Mi progenitor y la separada me financiarían tan bien que podría vivir en un lugarcito agradable, aunque es evidente que ahora vivo en el típico "hotel mamá", con una devota ama de casa que me cuida y se encarga de producir para mí una cálida atmósfera de donde uno no quiere irse. No es fácil, pero debo admitir que la idea de irme de la casa no me atrae mucho. Ni siquiera logro imaginarme una hermosa vida independiente, no veo imágenes de ensueño y todo es vago, sin alegrías. En cambio no tengo que esforzarme para imaginarme convertido en un viejo seco al lado de una señora todavía más vieja y seca que yo, viviendo juntos y peleando. Veo tan bien cada detalle que para nuestras próximas peleas podría escribir un guión de telenovela con noventa y nueve entregas.

Cuando esté en capacidad de pensar mejor veré qué concluyo de todo esto. ¡Por ahora prefiero ir a donde los Pribils a celebrar las trampas que escribimos para los exámenes!

## 20

*Complemento necesario
al lamento anterior sobre
las relaciones entre mi
madre y yo.*

Por qué todo es así entre mi señora madre y yo, por qué todo anda tan mal entre nosotros, las afirmaciones de Otto Weininger pueden ofrecer una explicación. A lo mejor ese señor se habría inventado algo menos raro si hubiera vivido más tiempo y no se hubiera pegado un tiro a los veintitrés años. Ese loco escribió un libro que se llama *Sexo y carácter*, con un contenido tan simple que hasta yo, en mi actual estado de debilidad, lo entiendo. Dice en el libro que hay dos tipos opuestos de almas, el alma de la mujer y del hombre. Él los abrevia como M y H. Según él no hay almas puras, sino que están más o menos mezcladas. Y la ley de la atracción sexual reposa en el hecho de que el par óptimo sería 1 M + 1 H. Eso más o menos quiere decir que una mujer compuesta de 3/4 de mujer + 1/4 de hombre le atrae a un hombre compuesto de 3/4 de hombre + 1/4 de mujer, porque eso sumado da 1 M + 1 H.

Si eso fuera válido no sólo para el sexo sino también para la armonía entre las personas, entonces mi madre y yo no nos complementamos en nada. Seguro que ella es 7/8 de hombre + 1/8 de mujer, y yo –aunque fuera homosexual– soy por lo menos 1/2 de mujer + 1/2 de hombre, lo que da 11/8 de hombre + 5/8 de mujer, o sea que estamos lejos de complementarnos. De acuerdo con Weininger, ni aunque quisiera podría atribuirme más de 1/2 de mujer, porque en mí la sexualidad no está "extendida por el cuerpo", lo que él considera femenino, sino "localizada", lo que él considera masculino. Además, yo tampoco estoy completamente "lleno de sexualidad" porque no soy una "madre absoluta" ni una "prostituta absoluta", que es lo que se exige de una mujer cien por ciento.

Eso como complemento a la relación con mi madre. Y como complemento al tema de la planeación de mi futuro profesional, debo decir que me convendría escoger una carrera que sólo pudiera estudiar en el exterior. Así me tendría que ir sin tener que decidirlo. ¿Por qué supongo que voy a estudiar? ¿Sólo porque desciendo de un árbol genealógico educado? Mis dos abuelas estudiaron y una de mis bisabuelas se matriculó en la universidad a los sesenta años porque que en su juventud no pudo y además el matrimonio se lo impidió. Pero uno debería poder vivir sin tener que empacarse doce o catorce semestres universitarios.

En todo caso yo no sirvo para las artes porque carezco de esos talentos. Para los deportes estoy más o menos bien. La publicidad podría gustarme porque no tengo escrúpulos en presentarle a la humanidad cosas inútiles. Por eso también podría ser político, aunque de oposición. Claro que entonces tendría que estudiar otra profesión antes, porque a los políticos de oposición desconocidos nadie los consulta.

Y en últimas podría hacerle caso a Sokol, el guardián de mi colegio, que el otro día me dijo mirándome amablemente de arriba abajo, para lo cual no se necesita mucho tiempo: "¡Muchacho, tú serías el perfecto jockey! ¡Los dueños de caballos de carreras se la pasan buscando jinetes pequeños como tú!"

Sólo sé una cosa con seguridad: no voy a estudiar filosofía. El otoño pasado falté varias veces al colegio, me fui a la universidad en la bicicleta y me metí en los seminarios de filosofía del primer semestre para oír qué enseñaban. Y ya no me interesa eso.

Ya Kant había escrito: "La filosofía no se puede enseñar, sólo se puede aprender a filosofar".

Leyendo las últimas páginas de lo que he escrito respiro con alivio porque identifico cierta mejoría en mi labor de pensador. Necesito disciplinarme un poco y alejarme unos días de los Pribils, tanto geográfica como internamente, para agilizar la mente y por lo menos ser un pensador parte del tiempo. El fin de semana próximo lo puedo pasar solo en Viena en vez de ir con los Pribils al campo; ya se me ocurrirá una excusa para no acompañarlos.

También es bueno no tener que aguantar que la separada me diga igual que el fin de semana pasado que debería dejarme adoptar de los Pribils si prefiero viajar, comer y dormir con ellos.

Quise salir del lío explicándole que ellos tienen un cuarto de huéspedes aparte y que eso es mejor que compartir con mi prima un cuartico estrecho.

–Eva María ronca –mentí– y no me deja dormir.

–Ella no ronca –dijo la separada, y después refunfuñó–: Pero, por favor, si al señor le parece demasiado insignificante la choza de su tía y ya no es capaz de pasar el fin de semana sin tener cuarto propio, ¡tengo que aceptarlo! –y antes de que pudiera contestarle, añadió–: Qué lástima que tu madre sea una persona que tiene que abrirse paso en la vida trabajando y no haya heredado una compañía de importaciones y exportaciones, ¡o se la pase sentada sobre sus millones como el desempleado Tío Rico!

Veo que ha estado averiguando sobre el dedo pulgar con barba porque yo no le he dicho nada de la situación financiera de los Pribils. Y hace dos semanas la tía Érica tampoco estaba informada porque me preguntó con curiosidad cómo se ganaban el dinero.

## 21

*De un fanfarrón
desenmascarado, una taza
de café arrojada contra la
puerta y un acróbata llorón
que me hace un montón de
reproches.*

La última semana de clases empezó ayer, las
reuniones de los profesores ya pasaron, Mercedes-Miriam logró un supletorio en matemáticas, Maxim-Marcel sólo pasó latín y debe
presentar en otoño otros exámenes de matemáticas y de alemán. La india sioux dijo que
ya era suficiente y que no va a dejar tratar así
a sus niñitos. En otoño los piensa matricular
en un colegio privado, donde obtendrá a cambio de su dinero más comprensión para sus
gusanitos. Dudo que exista un colegio así, pero
si existe mamá Pribil lo va a encontrar, aunque quede en Papuasia en Nueva Guinea. Claro

que a mí me daría mucha lástima que mis tontarrones se fueran a Papuasia.

En cambio, no me importa que mi compañero de pupitre no esté en el otoño. Michael se matriculó en un colegio al otro lado de la ciudad porque en el verano va a irse a vivir allá con los papás, y nuestro colegio le hubiera quedado muy lejos. "Mi abuela ya no puede vivir sola en su villa de doce cuartos porque se le corrió la teja. Mi mamá va a tener que encargarse de todo allá para que la vieja no termine bañándose en el bidé y acostándose en el armario".

Aunque eso nos dijo Michael, yo sé que no es cierto: su abuela no está loca y la modesta vivienda que tiene en el Danubio sólo tiene tres cuartos. Alexander nos contó que el papá de Michael está sin trabajo desde hace dos años, que deben el arriendo de varios meses y tienen orden de desalojo, y no les queda otro remedio que irse a donde la abuela. Parece que el padre sufre de depresión y ha tratado de suicidarse.

¡Increíble como Alexander nos contó la historia! Con mala intención y con ganas de hacer daño. Los que oyeron el cuento estaban frescos, felices de conocer "la verdad", y lo dejaban seguir con sus chismes. Cuando uno tiene amigos así no necesita enemigos.

Lo de Michael no me toca de cerca después de la ración negativa de amistad que me brindó estos cinco años. Pero sí me importa la frialdad de los de mi clase: lo que allí se considera amistad es pura compañía de conveniencia. Por eso, en el fondo me alegro de que

esos tontos nunca hayan fingido conmigo ni una pizca
de compañerismo, aparte del par que trataron de hacerse
amigos míos para conocer a Pribil & Pribil. Yo siempre
he sido Bonsai, del que todos se burlan, y las fronteras
entre ellos y yo han estado tan claras desde el principio
que nunca ha habido riesgos de desengaños.

¡Y hablando de engaños y compasión! Hoy llegó
el acróbata con su guitarra para que cantáramos en la
última clase del año, pero nadie tenía ganas. Frustrado,
preguntó si alguien tenía preguntas sobre la fe. Iris dijo
que no entiende por qué Dios no interviene cuando los
hombres hacen maldades o por qué no evita que los
bebés inocentes se mueran de hambre. Como iba a
venirse un debate sobre el libre albedrío que Dios les
dio a los hombres y ya he tenido que aguantármelo
varias veces –como se da en mi clase–, me concentré en
el folleto de viajes que la separada me había dado por la
mañana. La mayoría de la gente hace sus reservaciones
de vacaciones desde la primavera, pero a ella le gusta "lo
espontáneo"; además, en la categoría digna de ella siempre
hay suficientes habitaciones de hotel libres un día antes
del vuelo.

Yo debía decidir a dónde ir, me dijo al desayuno. A
ella sólo le interesaba descansar y no oír después que
había escogido por mí, pero al elegir el sitio y el hotel
debía tener en cuenta, me gritó cuando salía de la cocina
con el folleto, que la tía Érica no tiene tanto dinero como
nosotros. Cuatro semanas en Costa Esmeralda en el
palacio de cinco estrellas del Aga-Khan no serían para
este año, o a ella le tocaría costearle a la hermana los

gastos adicionales, igual que el año pasado. En todo caso,
¡necesitaba una cancha de tenis!

–¿De verdad tienes que pasar las vacaciones de
todos los años con tu hermana? –le grité desde el corredor
cuando iba a la cocina–. ¿No podría funcionar alguna
vez sin ella y sin la hija?

Salió veloz de la cocina con la taza roja en la mano.

–¿Por fin podría saberse por qué evitas a tu prima
como a la peste? –se me echó encima como una pantera
furiosa, se le regó el café pero ignoró la mancha, me
agarró de las mangas de la camisa y me dijo–: ¡Yo no
soy de las que se mete en las peleas de los muchachos,
pero en este caso se trata de mi familia! Y desde hace
varias semanas Érica y yo estamos tratando de adivinar
qué pasó. Eva-María no tiene ni idea y llora todas las
noches. ¿Qué pasa?

Quise zafarme pero ella no aflojó. Como no me
había metido la camisa dentro del pantalón y tampoco
me había abotonado los dos botones de arriba,
desabotoné los otros tres botones, me quité la camisa y
corrí a ponerme una camiseta. Cuando volví del cuarto
ella seguía allí, tal como la había dejado, con mi camisa
ondeando a media asta en una mano, la taza en la otra,
furiosa.

–Hola –le dije en tono amistoso, tomé el folleto y
me fui. Ahí mismo me imaginé lo que iba a pasar: "Va a
estrellar la taza de café contra la puerta de la casa".

No vi la taza roja en el lavaplatos cuando volví al
mediodía y eso confirmó mis sospechas.

Probablemente ella no había caído en cuenta de

que yo había planteado en singular la pregunta de las vacaciones sin hermana. "Tienes", le había dicho, no "tenemos". Porque yo no pienso viajar con ella, vayan o no mi tía y mi prima. Acepté la invitación del dedo pulgar con barba y voy a pasar las vacaciones con los Pribils en Estados Unidos, aunque no va a ser fácil lograr que mi madre lo acepte. Claro que ya tengo un plan: los Pribils van a ir a Nueva Inglaterra a visitar al hermano de la india sioux, y precisamente allí vive mi progenitor. Oficialmente iré a visitarlo. Después de todo, él me ha invitado varias veces. Que en la práctica piense estar muy poco tiempo con él y mucho con los Pribils sólo lo notará cuando estemos allí. Y cuando un hijo busca aproximarse al padre, la madre no puede oponerse.

En todo caso, tengo que decírselo a mi madre rápido porque los Pribils quieren hacer las reservaciones, pero antes debo llamar al progenitor. Hasta ahora me he abstenido no porque me dé miedo que no acepte –él no haría algo así aunque quisiera– sino porque nunca lo he buscado y siempre aplazo lo que hago por primera vez. Varias veces he levantado el auricular y he colgado. Tengo que pensar muy bien qué le quiero transmitir a través del Atlántico. Por ejemplo, no sé si decirle "Quiero ir a visitarte" o "Quiero ir a visitarlos", si debo preguntar "¿Puedo?" o si es mejor hacer de cuenta que es obvio que puedo ir.

En todo caso revisé el folleto de viajes en la hora de religión, concentrado en ofrecerle a mi señora madre un buen objetivo de viaje. Buscaba un hotel que no pareciera "de familia" porque por experiencia de largos años sé que la mujer se deprime cuando ve hombres atractivos y bien casados. Preciso cuando acababa de descubrir una lujosa villa en Toscana –que por los precios se veía que allí no iban familias enteras y además tenía más cuartos individuales que dobles– escuché la voz de falsete del acróbata de religión:

–Iris, no olvides que Dios creó a los hombres a su imagen y semejanza.

Yo cerré el folleto y dije en voz alta:

–Al contrario, su Señoría, los hombres crearon a Dios a su imagen y semejanza.

Al piadoso hombre le dio el tic nervioso del ojo izquierdo que siempre le da cuando le hablo, y me preguntó:

–¿Qué quieres decir con eso?

–Que los hombres fabrican sus dioses de acuerdo con sus necesidades.

Volvió a preguntar, con movimientos cada vez más torpes:

–¿Qué quieres decir con eso?

–Que tiene relación con las necesidades del caso que el dios de los fundamentalistas del Islam sea distinto del dios de los católicos de izquierda de aquí y que estos dos dioses no se parezcan al dios de un sacerdote vudú en Malí.

Me preguntó otra vez, hecho un eccehomo:

–¿Qué quieres decir con eso?

Le contesté:

–Olvídelo, si no lo ha captado todavía, ya no lo va a captar.

Le dio el tic en el ojo derecho y jadeó:

—¿Me consideras demasiado tonto para discutir contigo?

Le dije cortésmente:

—No me atrevería a juzgar sus incapacidades.

El tic se le deslizó al mentón y berreó:

—¿Por qué siempre me torturas así? ¿Por qué no me puedes dejar en paz? ¿Qué te he hecho yo, Satanás?

Gruesas lágrimas brotaron de sus ojos, el mentón le temblaba sin control, tomó la guitarra, la estrechó contra el pecho y salió corriendo de la clase, pero no vio la curva y aporreó un mueble con el cráneo, produciéndose un sonido de guitarra poco armonioso.

Toda la clase se rió, Anatol gritó "¡Récord!", Michael dijo "¡A éste lo redujiste a un milímetro!", y detras mío oí decir a alguno: "Respeto, respeto, ¡será bajito, pero oigan a Bonsai!"

Hubo otro que gritó: "¡Bonsai puede quejarse de que le haya dicho Satanás!"

A mí eso no me gustó. No era mi intención hacer llorar al piadoso hombre ni se me había ocurrido que eso estuviera dentro de mis posibilidades, y menos en la última clase del año. El bobo podía haber pensado: "Padre misericordioso que estás en el cielo, te doy gracias porque al fin voy a librarme de este Satanás (a no ser que en contra del tradicional cambio de acróbata, el honesto capellán pensara seguirnos hablando de lo divino después de las vacaciones).

Como el aplauso de la clase no me gustó, me alejé de esos bobos gritones y me fui a las máquinas automáticas de bebidas. Saqué un jugo, me tomé la limonada química y me maravillé del delicado tejido nervioso del piadoso hombre.

Terminé el jugo e iba a arrojar la caja en la basura, cuando bajó por la escalera el objeto de mi admiración, llevando una pila de libros debajo del brazo y con la compostura más o menos recobrada.

Quise ahorrarle mi presencia y fingí sacar otro jugo, pero el tipo no pasó de largo sino que se me paró detrás y me habló:

–Perdona mi salida de tono. Lamento sinceramente haberte dicho Satanás; eso no fue correcto.

–No hay problema –murmuré, desorientado. Las disculpas de los profesores son tan poco frecuentes que un estudiante no tiene respuestas listas en su repertorio.

–Soy un simple ser humano y me hiere que sólo me desprecies –continuó el piadoso hombre.

Me di la vuelta y lo miré, confundido. ¿Desprecio? Nunca me había tomado la molestia de despreciar a esa infeliz lombricilla. Pero si se lo hubiera dicho lo habría abonado a mi cuenta de desprecio, de modo que me limité a esbozar una sonrisa amable. Eso también lo tomó a mal. Dijo que yo no debía mirarlo "desde arriba", lo cual era absurdo porque él es muy alto y yo escasamente le llego al hombro.

Me dio una conferencia que duró hasta el final del recreo. El tipo se aceleró tanto que no tuvo en cuenta que la clase siguiente ya había empezado y yo tenía que irme. Yo era, me dijo, un muchacho extraordinariamente inteligente, más culto y leído que la mayoría en mi clase, pero era muy triste que sólo utilizara la inteligencia y el conocimiento para "acabar con otros seres humanos". Todo en mí estaba encaminado "negativamente", me faltaban ideales y entusiasmo por lo noble, lo bueno y lo verdadero, no conseguía interesarme en nada y con seguridad carecía de capacidad de amar. Debía reflexionar para qué estaba el hombre en la Tierra y en dónde estaba para mí el sentido de la vida. Su intención no era "llegarme" con la religión, pero aun sin "recogerse" en Dios debía ver algo positivo. Había tantas cosas en las que un joven podía interesarse e invertir sus energías complaciendo a Dios o a los hombres, y si lo hacía abandonaría mi triste estado. Porque era evidente que no era feliz.

–¿Relacionado con eso, tiene algún consejo que darme? –le pregunté. Puede que haya sonado déspota, pero que eso sacara de quicio a la lombricilla era exagerado. Se puso rojo y levantó los libros con ambos brazos, los lanzó al suelo y gritó con voz temblorosa:

–¡Cada palabra dirigida a ti es un desperdicio!

Después se arrodilló, recogió los libros esparcidos por el suelo y gruñó que para un impertinente como yo no tenía consejos porque sólo me interesaba en mí mismo y me eran indiferentes la pobreza, el hambre y la necesidad, el racismo y el maltrato a los animales, la opresión y la destrucción.

Puede que fuera más larga la lista de las cosas que me eran indiferentes, pero el tipo me regañaba tan rápido que puede que no le haya captado todo.

Por fin recogió los libros y corrió a la salida del colegio. De un libro se deslizó un papelito rosado que revoloteó hasta la punta de mis zapatos. En la letra del acróbata, que no me gustaba porque la inclinaba a la izquierda, decía: "Yavhé es bueno con quien confía en él, con el alma que lo busca, bien para aquél que espera en silencio la ayuda de Yavhé, salve al hombre que lleva su yugo desde la juventud".

Supongo que era una cita de la Biblia para la prédica del domingo. Pensando que el próximo que fuera por un jugo podía sacar algo útil de esa frase, dejé el papelito en la máquina de bebidas.

## 22

*De un montón de justificaciones que se quedaron sin decir y del fracasado plan de dormir más allá del Atlántico sin entrar en conflicto con la separada.*

Desde que ayer el acróbata de religión gruñó qué imagen tiene de mí estando arrodillado delante de la máquina de bebidas del colegio, mi cerebro se la pasa pensando en sus ridículos reproches. Sé que es absurdo, pero no hago otra cosa que imaginar detallados discursos de defensa y me veo de pie junto a esa pobre lombricilla mientras recoge los libros, y "desde arriba" oigo sus réplicas aplastantes.

Creo que me hirió en el alma que ese idiota me acusara *precisamente a mí* de indiferencia hacia toda la maldita supermierda mundial que los hombres se hacen los unos a los otros. Lo idiota es que me hiera en el alma que una persona que para mí no es nada, me considere a mí nada.

Sospecho que me siento así porque nunca en la vida había calculado tener que enfrentar esta clase de reproches, vengan de quién vengan. La verdad es que ya desde primaria tuve que olvidarme de la imperiosa necesidad de interesarme en todo eso que el piadoso tonto cree que no me interesa.

La separada y yo tuvimos en esa época un montón de peleas porque no quiso recibir en nuestra casa de doscientos treinta y cinco metros cuadrados a un grupo de asilados y se negó a compartir solidariamente con ellos todos nuestros bienes. Yo quería fundar el grupo *Baby Green Peace* en favor de la protección de la naturaleza y el medio ambiente, pero no conseguí ni un solo adepto aunque hice campaña a diario en el sitio de juegos del parque. Además, durante dos años seguidos le di el cincuenta por ciento de mi mesada al único niño de mi clase que era hijo de trabajadores turcos. Al principio él dudaba, pero luego se acostumbró y una vez que no dividí con él mi dinero, me pegó una patada que me mandó al pavimento y me costó mi último diente de leche.

Siendo un hombre de nueve años diseñé un volante sobre Justicia & Fraternidad, que mi conmovida madre me hizo el favor de escribir en el computador. En los recreos les repartí a mis compañeros las cincuenta copias, pero ellos las echaron al basurero sin haberlas leído.

Por eso desde hace tiempo que me olvidé de los actos caritativos. Ahora no soy tan iluso como esos tipos que viven hablando de la "consternación". El cuento de la consternación "secundaria" es de un descaro increíble: parecería que las personas que sólo participan con el alma del sufrimiento de los demás estuvieran en la misma situación que los verdaderos dolientes e igual de consternados.

¿Qué hubiera podido hacer yo si no me hubiera emancipado de los consternados? ¿Aumentar a cincuenta el grupito de los cuarenta y nueve manifestantes que luchan frente a la embajada turca en favor de un estado nacional curdo libre y soberano?

¿O debo ponerme en la chaqueta un botón amarillo que diga "Bomba atómica, no gracias", y luego sentirme como si les hubiera puesto zancadilla a los que promueven el desarrollo atómico?

¿Debo regar gasolina y prenderles fuego a esos tapetes persas tan caros que la separada puso en la sala hace poco, porque se supone que fueron hechos por niños de diez años, pagados con salarios de miseria?

¿O debo hacer guardia solo ante el refugio de los asilados, o salir a escondidas por la noche y escribir con aerosol "Nazis fuera" en las paredes de las casas erigidas como monumentos?

¿O debo cantar salmos e ir pintado como un moro y coronado a buscar a los reyes magos —esto es lo que más le gustaría al acróbata— llevándoles mi alcancía para los del Tercer Mundo, con el fin de llenar las cajas vacías de Caritas?

Yo vivo en una pequeña y muy privilegiada familia de una muy privilegiada clase de un muy privilegiado país, o sea que fue triple mi caída en el mejor lado de este mundo. Si llegara a darse el caso de que a los que no les va tan bien como a mí sino muy mal no quisieran seguirse aguantando la situación y vinieran a robarme mi idilio de abundancia, entonces los miraría tomar lo que necesitan, sin derramar ni una sola lágrima, y les diría amistosamente: "Bueno, por fin les llegó el turno, ¿no? ¡Ya era hora!" Por lo menos espero ser capaz de hacer eso.

No sé qué hubiera contestado el acróbata de religión si en vez de sonreírle tontamente le hubiera dicho esto cuando estábamos junto a la máquina de bebidas. De todas maneras me da ira conmigo mismo tomarme la molestia de pensar en lo que ese ignorante y vanidoso dechado de virtudes me hubiera dicho.

Escribo esto con la esperanza de no seguir pensando en ese tema, porque ahora es mucho más importante prepararme para el fuerte enfrentamiento que voy a tener con la separada.

Por desgracia no funcionó mi inteligente plan de pasar vacaciones en primer plano en Estados Unidos con mi estimado progenitor, y al mismo tiempo, en segundo plano, dedicarme a la buena vida con los Pribils.

Cuando por fin reuní el valor de llamar a mi padre y logré localizarlo hoy al mediodía –no es fácil conseguir a un superejecutivo como él; además siempre hay alguna señora que lo consuela a uno con un *"Please darling, try it in five minutes"*–, antes de que pudiera contarle mis intenciones él me comunicó que quería llamarme desde hacía días para decirme que estaba muy contento por los dos meses de verano en que nos veíamos con frecuencia. En dos semanas viajaría con su mujer y su hijita a Salzburgo, donde había alquilado una lindísima casa restaurada, con acceso privado al lago de Trummer. Naturalmente yo era bienvenido allí en cualquier momento. La casa tenía cinco cuartos y tres baños, suficiente espacio para todos. Si quería podía llevar a un amigo o a una amiga. Él no iba a estar todo el tiempo pero iría los fines de semana, porque por desgracia se la pasaría en Dusseldorf y en Munich, donde estaba construyendo dos filiales para su compañía. Los fines de semana saldríamos en velero, practicaríamos *surf*, jugaríamos tenis, comeríamos tres veces al día e intercambiaríamos ideas, él me podría enseñar a jugar golf y su querida mujer se alegraría muchísimo de conocer bien al hijastro y *baby darling sister* quedaría dichosa de estar con su *big European brother*.

Después de oír eso renuncié a explicarle los motivos de mi llamada y lo dejé creer que había sido puro amor filial.

Sin contar con la excusa de mi padre, debía decirle abiertamente a la separada que no pensaba pasar vacaciones con ella sino con los Pribils, y tenía que hacerlo hoy mismo porque mamá Pribil iba a llamarla mañana. Le parecía increíble que mi madrecita no conociera a la familia con la que su muchachito iba a pasar un par de semanas en Estados Unidos. La separada casi que le transferiría al matrimonio Pribil su responsabilidad de madre, y por eso debía saber si estaba confiando su retoño a personas honorables, o si no la pobrecita no tendría ni un minuto de calma. De todos modos ya era hora de que nos conociéramos, porque era ridículo que no nos viéramos los fines de semana siendo que ambas familias tenían casa en el mismo pueblito y se podían planear tantas cosas juntos: asados nocturnos, tardes de tarot, excursiones a buscar setas al bosque.

Obviamente no le dije que se olvidara de ver a mi madre y a su inseparable hermana arrastrándose por el monte buscando setas, asando costillitas de cerdo sobre carbón de palo o cantando un solo de Pagat. Ni siquiera le dije que mi tía no quiere tener nada que ver con ella porque mi ex tío tuvo un amorío con una prima suya.

Si mamá Pribil abordara a madre sin preparación previa, la aproximación entre ambas mujeres podría ser más loca de lo que de todas maneras va a ser.

No les hablé a los Pribils de mi plan en primer y segundo plano para el viaje a Estados Unidos porque me da miedo de que me retiren la invitación. Es fácil imaginar que la india sioux se compadecería de mi madre y me diría: "Muchachito, si a tu mamacita la entristece que vengas con nosotros, entonces es mejor que no lo hagas". Mamá Pribil admira a mi madre porque piensa que es una profesional que está parada sobre sus propios pies y dirige su vida sin la intervención de dedos gordos pulgares con barba.

Para la comida de hoy compré en el supermercado dos pizzas y pienso ofrecerle a la separada un vino ligero. ¡Voy a ser durísimo con ella, así llore y grite y me haga reproches e intente apelar a su autoridad! ¡Lo juro!

## 23

*De una reacción positiva e
inesperada por parte de la
separada y de puntos de
vista diferentes sobre quién
le puso atención a quién.*

Eran infundados mis temores sobre la discusión con mi madre respecto a las vacaciones. Como siempre, cuando uno cree que va a tener una dificultad espantosa no pasa nada, y cuando uno no se lo espera le cae encima la desgracia como si fuera granizo.

Preparé la comida tal como había planeado, y mientras me comía la pizza que dejé demasiado tiempo en el horno, dije con tanta tranquilidad como pude:

−Mamá, ya es hora de que aclaremos lo de las vacaciones.

Quitando las rodajas negras de salami porque según ella lo quemado da cáncer, dijo cortante:

–Ah, ¿ya te llamó tu padre? Bueno, pues entonces está todo claro: ¡no piensas ir con nosotras porque no soportas a tu prima, yo te crispo los nervios y tu tía también, y además tu padre te puede ofrecer unas vacaciones mucho mejores en una villa junto al lago, con barco de vela, entradas para teatro, cancha de golf, una adorable hermanita y una segunda mamá superfresca!

Quedé desconcertado. No porque inventara que el nivel de vida del progenitor es más alto que el de ella para hacer parecer demasiado bajas las cuotas que él paga por mí, ¡sino porque era increíble que ya supiera lo de la casa en Salzburgo y no se hubiera tomado la molestia de informarme!

"Ahora no es el momento de discutir eso", me dije, y dirigiendo la conversación hacia mi objetivo, le contesté:

–No tengo la menor intención de irme a jugar al hijo pródigo. Pienso estarme cuatro semanas con los Pribils en Estados Unidos.

Esperaba un terrible grito de protesta que no se produjo. Ella retiró la última rodaja del salami quemado de su pizza y me miró radiante.

–¡Perfecto! –exclamó–. ¡Claro que a mi querido ex esposo le va a indignar que rechaces sus cuidados!

Estaba claro como el sol: prefería prestarme a los Pribils que a mi padre. Era increíble, pero también muy conveniente para mis planes.

–¿Y tú qué piensas hacer estas vacaciones? –le pregunté.

–Voy ir con Érica a algún sitio en Italia –dijo encogiéndose de hombros–. No puedo renunciar así como así a nuestra vieja sociedad de las vacaciones.

–Claro que puedes –exclamé–. ¡Sólo tienes que atreverte!

–Voy a pensarlo –dijo, y quiso que le diera de inmediato el número de teléfono de los Pribils para arreglar una cita entre madres y definir los detalles de la invitación.

Yo me opuse:

–¿Qué les vas a preguntar?

–De todo, hijo. Los costos de un viaje tan largo, por ejemplo, no son un factor sin importancia.

–Todo corre por cuenta de ellos –le contesté–. No hay costos.

–¡De ninguna manera! Nosotros no necesitamos eso.

–¡Y ellos tampoco necesitan que les paguen por llevarme! –exclamé–. Les sobra el dinero.

–No me interesa lo que ellos necesitan. Nosotros no vamos a aceptar donaciones de nadie.

–¡Pero si son mis amigos! –exclamé–. ¡A ti no van a darte nada, así que no te metas! –temiendo que no pudiera hacerlo y conociendo su espíritu ahorrativo, añadí–: Además ellos sólo vuelan en clase ejecutiva. ¿O por tus ingresos de madre separada me va tocar viajar diez horas atrás en clase económica?

–Nadie está hablando de mi dinero –dijo sonriendo ligeramente–. De acuerdo con la reglamentación, tu padre es el único responsable de los gastos de tus vacaciones y él debe aprobar o desaprobar que viajes con los Pribils. Pero como él también viaja en clase ejecutiva, no creo que le importe.

Después brindó conmigo y se tomó de un solo trago la media cerveza que le quedaba. Le divertía no tener que cederle el hijo al ex esposo y además exigirle dinero. Estaba tan contenta que accedió a aplazar hasta el otro día la llamada a mamá Pribil sin preguntarme por qué. Yo no se lo hubiera podido explicar bien, pero tenía la sensación de que debía protegerla de mi madre el mayor tiempo posible. ¿O quería protegerme a mí mismo de que me preguntara qué tipo de personas eran los Pribils? ¿Temía que se burlara de mamá Pribil?

Mi madre es bien capaz de eso y es buena para imitar voces; identificaría de inmediato el zumbido meloso de la india sioux y no dejaría pasar los illos, illas, itos e itas sin burlarse. Mamá Pribil es pan comido para ella: ise le echaría encima igual que un buitre sobre la carroña!

Con otras personas hasta me divierte su maldad, pero con la india sioux se despertaría mi instinto de protección, me saldría de mis casillas y le diría que esa mujer está muy por encima suyo y tiene cualidades de las que ella bien podría aprender. Y cuando levantara la ceja izquierda y me preguntara cuáles son esas cualidades, tendría que quedarme callado porque no le puedo echar el cuento ese de que la india sioux flota en una nubecilla cálida y suave como el algodón, donde uno puede meterse en caso de necesidad. ¡Me mandaría a donde el sicólogo amigo a una terapia prolongada!

Por pura gratitud de que todo hubiera salido tan bien, recompensé a mi madre con una horita de mi compañía en la sala y me dejé envolver en la conversación sobre Sartre.

Yo no tenía mucho que aportar, pero ella ni cuenta se dio porque le gusta hablar y no se preocupa por los diálogos equilibrados.

Tampoco pude aprender más sobre Sartre porque no hizo más que recordar su juventud impregnada de la filosofía existencialista y cómo ella se había dedicado a "la nada existencial"; por eso engrosó y oscureció la línea que se pintaba en el párpado, comenzó a usar suéteres anchos y largos y los Gauloise azules sin filtro se convirtieron en sus cigarrillos preferidos, algo que molestó a sus compañeros de su clase.

El existencialismo ya estaba pasado de moda y sus amigas no supieron qué hacer con la admiración que ella sentía por Sartre. Fue el primo Rudi el que la hizo admirarlo tanto, pero como luego él se volvió un policía burgués, ella rompió todo contacto con él y yo ni lo conocí.

Que hubiera insistido en hablarle de "usted" a su primer amor platónico se debe a que Sartre y la compañera de su vida, Simone de Beauvoir, nunca se tutearon a pesar de estar unidos por un profundo amor de décadas. Pero el amor platónico de mi madre no quiso seguirle juego y la declaró demasiado enamorada.

Después dijo que a mí me pasaba igual que a ella antes: como la confrontación espiritual con las ideas profundas poco se da entre los adolescentes promedio, los pensadores jóvenes se sienten muy solos; así como ella se había sentido entonces, yo me sentía ahora.

Muerto de sueño y agotado por la papilla de recuerdos maternales, la oí hablar por teléfono desde el cuarto cuando me estaba lavando los dientes en el baño.

"¡Qué desgracia!", pensé. "¿Será que le dio por llamar a esta hora a los Pribils?" Con la boca llena de espuma me deslicé hasta su cuarto y puse contra la puerta mi oreja recién lavada.

Falsa alarma. Estaba hablando con un tal "querido Bluntschli" al que había tenido que incumplirle una cita hoy, porque no podía abandonar a su hijo que la necesitaba. ¡Hijos en la edad del suyo exigían mucha dedicación y un oído materno atento! Hoy habíamos tenido una muy buena conversación y ahora estábamos otra vez mucho más cerca el uno del otro.

Asombrado de que en su opinión no fuera mi oído sino el suyo el que había estado atento y de que estuviéramos ahora más cerca el uno del otro, me llegó a la garganta una porción de espuma de pasta de dientes; tuve que aguantarme un ataque de tos para no ser descubierto como un miserable espía y sentí náuseas. Tapándome la boca con la mano, corrí al baño y vomité pedazos de pizza decorados con espuma blanca.

Como mi estómago devolvió la comida sin haberla digerido, al rato me atacó el hambre. Mi madre se apareció en la cocina cuando intentaba aplacarla de pie con un palitroque. Por su renovada cercanía conmigo le pareció que ese tipo de alimentación no era apropiado y se ofreció a hornear un pedazo de jamón. Como nunca en la vida ha podido preparar un jamón decente, rechacé la oferta dándole las gracias y la vi alejarse aliviada.

## 24

*Último capítulo, que se excederá en extensión porque he pasado por alto algunos acontecimientos y porque me siento fuera de base y soy incapaz de dividirlos en capítulos.*

El primer día de mis vacaciones me desayuné en armonía total con la separada. Más tarde, al meter la loza en la máquina de lavar platos, me dijo que pensaba darse un prolongado baño de belleza, que luego iba a llamar a los Pribils y que después saldría a comprarme ropa para que estuviera a la altura de ellos. Le sorprendió que prefiriera comprarme la ropa en Estados Unidos, donde es más barata y moderna.

—Pero tú odias los almacenes de ropa —dijo sorprendida.

—Eso era antes —le contesté, y ella aceptó la explicación con gusto.

Y es que resulta que la talla que yo uso no se consigue únicamente en Benetton 0-12, o por lo menos no en Estados Unidos. El dedo pulgar con barba, que es del mismo alto mío, conoce muchos almacenes en Nueva York donde venden ropa de nuestra talla, y me explicó que para mí hay mucha más variedad que para él porque mis proporciones son normales y no parezco una caja de caudales.

Ese día iba a unirme a mamá Pribil y a mis queridos tontarrones en la cita que tenían con el peluquero. Mercedes-Miriam y Maxim-Marcel opinan que necesito con urgencia la mano cosmopolita del peluquero materno porque mi corte es muy simple y de mi abundante cabellera se puede hacer un peinado atractivo.

Por eso me tranquilizó que mi madre fuera a llamar a los Pribils después del baño de belleza. A esa hora estaríamos con mamá Pribil donde el peluquero y ella tendría que hablar con el dedo pulgar con barba, del que no se puede burlar a menos que lo vea.

—Ya que la casa de tu tía te queda en el camino, ¿podrías parar a regar las flores del balcón? —me preguntó la separada—. Érica y Eva-Maria se fueron al campo después de la entrega de calificaciones, y yo prometí regar las plantas todos los días.

No tenía ganas de ir a la casa de mi prima y además se me había hecho un poco tarde, pero recibí la llave para no enturbiar la armonía madre-hijo.

—¿Tú no vas a ir al campo? —le pregunté.

Ella negó con la cabeza:

—Tengo dos citas para ir a jugar tenis mañana —
me dijo— y hoy por la tarde voy a verme con un
conocido. Desde que dejó de gustarte la vida familiar
en el campo no veo motivos para meterme entre
dientes de león y ortigas, ¡aunque Érica está un poco
molesta por eso!

—¡Bien pensado! —le dije, y comenté desde la
puerta—: ¡Nada tiene que ser eterno!

Ella gritó:

—La única que sufre con esto es Eva-Maria, que
ahora anda sola con Érica, escéptica de Dios y del
mundo.

Con mucho gusto le habría dicho: "¡Así tiene tiempo
para pensar en su amado director de teatro!"

Pero me contuve. Un desayuno compartido en
armonía no es excusa para permitirle a la mujer mirar
mi interior enfermo.

Pedaleé hasta la casa de mi tía, regué las flores del
balcón y saqué de la bolsa de plástico que estaba colgada
de la puerta todos los volantes de propaganda que habían
llegado y que según mi tía sirven para avisarles a los
ladrones que los dueños de la casa no están y pueden
entrar a robar tranquilos.

Estaba cerca de la puerta y ya iba a irme, cuando
de pronto me sobrevino un doloroso sentimiento que
me oprimió la garganta e hizo que me temblaran las
rodillas. Tal vez lo produjo la vista que me ofrecía la
puerta abierta del vestíbulo al inmenso y horrible cuadro
al óleo desde el que me sonreía una Eva-Maria de doce
años. Usando una foto que yo le tomé alguna vez, un

pintor aficionado que trabajaba como director de la oficina de correos y tuvo un amorío corto con mi tía había pintado ese cuadro, que ella colgó a pesar de las protestas de mi prima. Según mi madre, le daba gusto que al menos una de sus relaciones amorosas le hubiera dejado algo más que un amargo desencanto.

Decidí seguir mi tristeza y fui al cuarto de mi prima: celebraría allí un minuto de duelo por mi gran amor perdido. Me acosté en la cama destendida y cerré los ojos. En vez de reunir mis ideas, me venció la curiosidad. Me levanté y me puse a buscar en el escritorio el cuaderno rojo. Quería saber qué opinaba mi prima de mis negativas y cómo habían seguido las cosas entre ella y el director del grupo de teatro.

Escarbé en todos los cajones, volqué varias veces las cosas sobre la mesa y no pude encontrar el cuaderno rojo. Desilusionado, sospeché que mi prima se lo había llevado al campo, traté de acomodar el desorden y me agaché a recoger un bloque de papeles que se había caído. Desde esa posición, vi un montón de cuadernos de colores debajo de la cama. Algo rojo estaba allí: ¡era el cuaderno que estaba buscando! Lo pesqué del montón, me volví a acostar en la cama, tomé la almohada perfumada con Miss Dior, abrí el cuaderno y empecé a leer donde había terminado hacía unas semanas. Había otras páginas escritas y lo que allí decía casi me hace salir los ojos de las órbitas.

Escrito en azul sobre el papel blanco decía que Sebastián se había dejado seducir en el campo la noche del sábado, en el cuarto donde siempre dormían, mientras la pálida luna llena se asomaba por la ventana abierta y los grillos cantaban bellamente.

Describía los detalles de la seducción con frases como "nos envolvía una ola roja y caliente" y "nuestros corazones latían al compás de nuestros miembros". ¡Olvidemos las bobadas lingüísticas! Según el desbordamiento literario de mi prima, ella se había despertado el domingo ya no como una joven, sino convertida en "mujer".

Y cuando el lunes se vio con el director de su grupo de teatro, un profundo estremecimiento la hizo darse cuenta de que se había enfriado su amor por él y que en realidad nunca lo había amado y todo había sido un interés infantil. Pero el tipo parecía oler que ella había florecido en mujer y quiso abrazarla con fuerza cuando estaban en el guardarropa junto a un montón de vestidos y los demás ya se habían ido. Eva-Maria lo empujó con tanta fuerza que él se cayó sobre los vestidos y ella salió corriendo a buscarme. Ahora sabía a quién le pertenecía de verdad su corazón, siempre le había pertenecido y le pertenecería eternamente.

En la última página escrita describía el momento en que llegaba a buscarme. Yo estaba en mi escritorio leyendo un escrito filosófico a la luz de la lámpara. Cuando ella llegó, levanté la vista, se me iluminaron los ojos, me paré, la estreché entre mis brazos, la besé, la acaricié y le dije: "Baby, ¿cómo pude haber llegado a pensar que fuera homosexual?"

Ninguna otra página me descontroló tanto como ésa. En trance, me incliné sobre el borde de la cama y junté los demás cuadernos, uno grande azul, uno grande amarillo y uno pequeño negro, los colores básicos de Mondrian.

En el cuaderno azul leí que Eva-Maria me había amado "desde que su cabecita de niña estuvo en capacidad de pensar", y porque entre nosotros sólo había una amistad, se le ocurrió hacerme dudar de mi sexualidad para luego convencerme de lo contrario con su hermoso cuerpo. Yo, imbécil, ignoré su oferta y preferí acudir a la tonta hija de los horribles Pribils para definir mis preferencias sexuales, y me entregué con ella a una vida licenciosa. Eva-Maria había luchado por mí como una loba, al principio sin éxito, pero un día que la hija de los Pribils y el hermano me indujeron a probar cocaína, ella me siguió porque cada día estaba más pálido y ojeroso, y me salvó diciéndole a la hija de los Pribils: "O liberas a Sebastián o les cuento todo a tus papás y a la policía". Tatiana, como se llamaba la hija de los Pribils en el cuaderno azul, accedió. En realidad era una farsante y no me quería. Yo reconocí dónde estaba el amor verdadero y le regalé a Eva-Maria un anillo de compromiso de plata con una piedrita roja.

En el cuaderno amarillo leí que desde hacía años yo era "un hombre atormentado", "un infeliz", porque no lograba aceptar mi homosexualidad. Ya no quedaba nada de mi antigua e infantil alegría, pero Eva-Maria, ignorando heróicamente su amor por mí, me había llevado por el camino correcto, es decir, el de la homosexualidad. Llegó a acompañarme a un prostíbulo de hombres donde finalmente conocí a un joven hermoso y frágil con fogosos ojos negros y esbeltas caderas de lirio, con el que me fui, tomados de la mano, mientras la escritora de estas líneas permanecía de pie bajo los castaños de la plaza y nos miraba con los ojos llorosos, sufriendo horriblemente, desgarrada, pero consciente de que había hecho lo correcto. "Mucha, mucha suerte", murmuraba mientras yo me alejaba.

En ese cuaderno había una posdata que decía más o menos esto: "Muchos años han pasado desde entonces. Mi primo vive ahora en Los Ángeles y trabaja como profesor de filosofía, está casado con un pintor y hace dos meses adoptaron una niña de piel negra".

El cuaderno negro fue el menos fatigante de todos. Sólo estaba escrita la primera página y las demás seguían inocentemente blancas. "¡Mierda!", decía. "¡Mierda! ¡Mierda! ¡Presiento que no tengo talento como escritora! Me sobran ideas de cómo hacer que transcurra la acción, pero mi estilo no es del todo bueno. No logro meter en las frases lo que debería salir de ellas como un rayo, no consigo atrapar al lector".

En lo referente al primero de sus lectores, Eva-Maria se equivocaba del todo. ¡La lectura me había impactado tanto que era incapaz de moverme, estaba paralizado, ¡más que atrapado!

Yacía inmóvil entre el delicado perfume de Miss Dior como en un féretro, los cuatro cuadernos sobre el estómago en lugar de coronas, tratando de pensar en los nuevos acontecimientos. "Está bien", me dije, "creer que los intentos literarios de tu prima eran un diario muestra qué poco conoces la psiquis de tu compañera de ideas, algo excusable si no se le exige al que ama intuir todos los abismos de la personalidad del ser amado".

"Tampoco hay nada de malo en servirle de héroe a una persona ávida por escribir, aunque sus historias sean degeneraciones literarias", me dije.

"¿Qué concluyo de todo esto y cuál es mi posición actual con Eva-Maria?", me pregunté. No lograba agarrar ni la punta de una respuesta y seguí inmóvil, hasta que sonó el teléfono. "Son Pribil & Pribil para preguntarme dónde estoy y por qué no he ido a donde ellos", pensé.

Caminé en dirección al teléfono del vestíbulo, pero al llegar a la puerta caí en cuenta de que los Pribils no sabían el número de mi tía ni les había dicho que estaría allí. Me recosté contra la puerta y dejé que el teléfono sonara otras cuatro veces. Resistí el impulso de volver al cuarto de Eva-Maria a tenderme otra vez en el campamento de Miss Dior como en un féretro, y crucé la sala.

Salí a tropezones de la casa de mi tía y en el cruce de la calle me acordé de que había ido en bicicleta y la había dejado afuera, contra la baranda de la escalera del sótano. No me devolví a buscarla y seguí caminando y tropezándome.

Si hubiera querido ir a mi casa hubiera doblado a la derecha, y si hubiera querido ir donde los Pribils hubiera doblado a la izquierda, pero seguí en línea recta, tropezándome y sintiendo detrás de mí un molinete en movimiento, uno de ésos con cuatro puntas que les compran a los niñitos en el Prater .

El molinete giraba muy rápido y parecía tener un altavoz del que tronaba una voz sin parar: "¿Y ahora cuál es la verdad?"

Mis células grises se reunían detrás del molinete que tronaba y me gritaban al oído, sublevadas: "¡No te preguntes algo tan tonto! Sabes muy bien que cada verdad individual sólo tiene un valor relativo, es incompleta y válida sólo en el momento, ¡no es la verdad absoluta!"

Tan falto de voz como amargado, les grité a mis pequeñas células grises: −¡Inteligentes de mierda, no me están ayudando en nada!

Ya no sé cuánto tiempo más me seguí tropezando. En algún momento llegué a un parque con piso de piedritas y se me metió una entre la sandalia izquierda. Me senté en una banca al borde del camino, me quité la sandalia y me saqué la piedrita. El sol estaba ya alto en el cielo sin nubes. Me recosté sosteniendo la sandalia en la mano y parpadeé al mirar el resplandeciente sol amarillo.

El molinete de mi cabeza giraba muy lentamente y después se quedó quieto; mis células grises cayeron sobre la punta del molinete y se lo comieron con botón y todo, sin dejar nada. Después formaron un ejército compacto y la generala de las células saltó al frente, saludó y anunció: "Si desatendemos todas las verdades válidas

---

. Parque vienés de gran importancia en la ciudad. *[Nota de la traductora.]*

sólo para el momento y las dejamos ser relativas, ¡en toda esta ficción sigue siendo un hecho que Eva-Maria te ama! Ella te ama sin importarle cómo seas o vayas a ser. ¿Entiendes?"

Después, la generala de las células volvió a reunirse con sus soldados y me dejó el sentimiento que luego del anuncio comenzó a invadirme. Era una maravillosa sensación de alegría: "Muchacho, a ti te aman tal como eres". Después de trabajar ese sentimiento hasta los dedos de los pies y las puntas de los dedos, me puse otra vez la sandalia izquierda y me levanté.

Por el camino venía un niñito en un triciclo con carrocería roja de tractor; yo me le atravesé y le dije:

—Estoy perdido. ¿Puedes decirme dónde estoy?

Él me miró de arriba abajo y luego contestó:

—En el parque.

—¿En cuál parque? –le pregunté.

Eso fue demasiado para el niñito, que gritó:

—¡Mamá, mamá!

De una banca saltó una mujer que corrió a donde estábamos. Para no parecer un loco de la ciudad, decidí hablarle en inglés; después de todo, a los turistas les está permitido perderse en las ciudades extrañas:

—*Please, dear madame* –le pregunté–, *could you show me the straight way to the city?*

Ella no sabía inglés. Turbada, sonrió, se encogió de hombros y me dijo:

—Lo siento, pero no le entiendo.

Le hablé entonces con el acento del príncipe Carlos en un alemán quebrado:

–Por favor, ¿poder mostrarme el camino del centro del ciudad?

La señora asintió y señaló con la mano derecha un grupo de castaños:

–Tranvía –explicó–. ¡Tranvía!

Yo sonreí.

–*Streetcar?* –pregunté.

–*Streetcar!* –exclamó ella, asintiendo encantada de lo bien que nos estábamos entendiendo. Después levantó ambas manos, me mostró los diez dedos, bajó otra vez las manos y las levantó tres veces más con los dedos estirados. Luego levantó una sola mano con el pulgar escondido detrás de la palma–: *Streetcar* cuarenta y cuatro –dijo.

Asentí, hice una inclinación y le dije:

–*Kiss the hand, gracious woman* –y me fui veloz hacia los castaños, sabiendo que estaba en Ottakring porque por allí pasaba el tranvía cuarenta y cuatro.

No se hubiera necesitado el intercambio en lengua extranjera porque a la salida del parque brillaba un letrero azul con el nombre de la calle; como es usual aquí, delante del nombre de la calle estaba escrito el número del distrito, y que el distrito dieciséis se llama Ottakring lo sé hasta yo, que no conozco las vecindades de los estratos más bajos.

Tal como había dicho la señora, a la salida del parque había un paradero del tranvía cuarenta y cuatro. En ese momento pasaba uno y lo hubiera podido tomar, pero preferí no subirme y disfrutar sin el estorbo de los pasajeros el maravilloso sentimiento de "a ti te aman tal como eres".

Dejé que pasara el tranvía, crucé la calle y doblé por una estrecha callecita lateral. En Viena, las calles empiezan en el extremo más cercano al centro de la ciudad, y allí la primera casa tiene el número uno y la del frente el número dos. Donde yo había doblado el número era sesenta y el de la casa siguiente era cincuenta y ocho, así que tenía la seguridad de estar caminando hacia el centro. A partir del número veinte las casas por donde pasaba se volvieron de planta baja con jardines pequeños entre ellas; después sólo vi jardines detrás de unas cercas torcidas sobre las que había unos carteles descoloridos por el sol y la lluvia.

Luego llegué a un puentecito. Ya desde lejos se veía que no había río y que unos rieles pasaban por debajo. Sospeché –y ya lo confirmé– que era la "línea de los suburbios", un tren de enlace de los tiempos de la monarquía que estuvo fuera de servicio varias décadas. No sabía que allí hubiera otra vez un tránsito regular de personas; sólo recordaba que había estado muchas veces con mi abuelita en otro puente sobre la línea de los suburbios y que me gustaba asomarme por la baranda y escupir sobre los rieles.

Ya no sé por qué hice lo que hice. Sólo tengo ideas vagas que contribuyeron a mi decisión:

1. Me sentía tan liviano como un globo de aire pero hubiera querido sentirme lleno de gas, como uno de esos globos en que hay que sujetar la cuerda para que no se vuele.

2. En una de las cercas por donde pasé vi un cartel

de un circo que tenía pintado un acróbata con una sombrillita, sonriendo desde la punta de la carpa.

3. No se veía por allí ni una sola persona y sentía que podía hacer todo lo que se me ocurriera.

4. Las barandas del puente terminaban en una superficie plana de diez centímetros de ancho, es decir, suficiente espacio para poner el zapato.

5. Tenía ganas de hacer algo fuera de lo común para transformar mi estado de ánimo positivo en actividad corporal.

En todo caso, terminé parado sobre la baranda del puente, estiré los brazos a ambos lados horizontalmente, miré en línea recta y comencé a poner un pie y luego el otro. La dificultad del equilibrio no depende de la altura de la posible caída: es más difícil cruzar un arroyo pasando sobre un tronco de árbol resbaloso y redondo, que pararse sobre una baranda cuadrada de hierro de diez centímetros de ancho; claro que en el caso del arroyo el riesgo es menor porque lo máximo que puede pasarle a uno es que se moje los pantalones, pero el que ha logrado cruzar una docena de veces el arroyo sin mojarse los pantalones tiende a restarle importancia al riesgo.

Estaba exactamente en la mitad del puente cuando se oyó un sonido de ésos que dan escalofríos.

Como no es estaba mirando hacia abajo, no había visto el tren que se aproximaba en silencio y tampoco había calculado que debajo de mí pudiera aparecer un tren; por eso me confundió el silbido. Empecé a balancearme y me di cuenta de que estaba a punto de perder el equilibrio y quise saltar al puente. Lo hubiera logrado de no haberse aparecido en ese momento un pensionado cojo que, dándole vueltas a su bastón, me pegó un grito:

–¡Muchacho, por Dios! ¿Te enloqueciste?

Eso acabó con mi equilibrio y en vez de caer sobre el puente aterricé en el techo del último vagón del tren, lo que según los médicos fue una suerte en medio de todo porque la altura de la caída se redujo en varios metros y porque además el techo de un tren es más suave que el pavimento. Ese comentario es ridículo: si el maldito tren no se hubiera acercado silbando, ¡yo habría llegado sano y salvo al otro extremo del puente!

Ahora estoy con ambas piernas enyesadas hasta las caderas, en un soleado cuarto privado de un hospital. Llevo dos semanas así y me faltan por lo menos otras cuatro o cinco. La separada está buscando una enfermera que le ayude a cuidarme para llevarme a la casa y atenderme allí.

No sé si en realidad quiero eso. Aquí estoy muy bien y poco me molesta la inmovilidad pasajera de la mitad inferior de mi cuerpo. Cuando escribo en el computador me siento sobre un flotador para que no se me lastime el trasero, y luego de la actividad mañanera del hospital disfruto –descontando la hora de visita de las tardes, que trato de acortar fingiendo que estoy agotado– de una paz sagrada de claustro.

Los Pribils se fueron ayer a Estados Unidos. La india sioux me trajo como consolación un CD-walkman y una caja de zapatos llena de discos compactos. Cuando fue al hospital se produjo una escena muy cómica al pie de mi cama. La separada estaba perpleja mirando a la india sioux. En el momento en que ella se despidió de mí y me acomodó un poquito la almohada en la espalda con los ojos llenos de lágrimas, entró un médico nuevo que escribió algo en mi hoja clínica y luego le dijo:

–Tranquila señora, que en pocas semanas su hijo estará corriendo otra vez como una comadreja.

Mamá Pribil le sonrió y murmuró:

–¡Claro que mi muchachito va a volver a correr!

Y el médico le dijo:

–¡Gracias a Dios que su hijo tiene unos huesos increíblemente fuertes!

Con eso, la separada saltó tan bruscamente de su silla de visitante, que ésta se cayó al suelo y quedó patas arriba. Sin preocuparse por recogerla, salió corriendo del cuarto.

Mamá Pribil acomodó la silla y luego preguntó, inocente:

–¿Tu mamacita se enfermó? No es raro, pues el airecillo allí no es muy fresco.

Después quiso ir a buscarla para ayudarle, pero la separada ya venía de vuelta con los ojos relampagueantes y el mentón erguido; tomó la silla, la acercó a mi mesita de noche, se sentó, me tomó la mano y la sostuvo con fuerza así para que todos supieran quién era la madre allí.

Es increíble pero no me importó no viajar con los Pribils a Estados Unidos. Ahora me parece como si nunca lo hubiera decidido realmente, como si sólo hubiera jugado con la idea. Por lo demás, el progenitor llegó ayer a Salzburgo con su mujer y su hija. Quería instalar un teléfono en mi cuarto para estar en contacto permanente conmigo sin tener que viajar trescientos kilómetros, pero yo le dije a la enfermera que se llevara el aparato. También le dije a la separada que se fuera de vacaciones, pero ella se negó rotundamente: madre con sol en la playa, hijo con yeso en el hospital, eso no lo aceptaba. Y más porque está convencida, igual que todos, de que quise ponerle fin a mi joven vida lanzándome por el puente.

Supongo que por eso ha venido ya cinco veces en cincuenta minutos una señora de cabellos grises con figura de oso de peluche y un montón de espinillas negras en la nariz. Ella no es empleada del hospital, sino una sicóloga privada que mi madre contrató. Esta señora de peluche con espinillas en la nariz ladea la cabeza cuando me habla, me trata con mucha amabilidad y no me fuerza a nada, aunque no creo que me haya creído cuando le dije que me trepé al puente para tener el alma en lo alto y no en lo bajo. Si me creyera, no me hubiera preguntado después del asunto ese de la ventana del colegio y el vidrio roto. Parece que mi madre se está convenciendo de que el director y la profesora Kieferstein tenían razón cuando dijeron que quería suicidarme, y le contó esa historia a esta señora.

Yo no tomo a mal que la señora de peluche no me crea porque sólo me ha visto cinco veces en cincuenta minutos, y además ya tiene un punto a su favor: siguiendo mis indicaciones, logró que la separada sólo me visite a la hora oficial para no cansarme demasiado; soy paciente del sistema de seguridad social y hay que respetar el horario de visitas, aunque ella hubiera querido hacer guardia todo el tiempo. En vez de vacaciones en la playa, se dio unas vacaciones en el hospital, como es de esperar de una madre abnegada.

Dentro de diecisiete minutos va a volver a entrar en mi cuarto la sicóloga y todavía estoy pensando si debo consultarle mis problemas sexuales y divertirme un poco. Por qué no, si al fin y al cabo ella está aquí por el dinero que le paga mi madre y puede darme una opinión. Pero cuando levanto la sábana y veo lo que está allí levantado para que no se destroze con los extremos de las piernas enyesadas, me parece inoficioso cualquier esfuerzo terapéutico; seguro que en el hospital dan bromo o algo para tranquilizar los impulsos porque aparte de la presión de la vejiga, que evacúo en una botella, nada en mi pipí se mueve desde que estoy aquí y no estaría en condiciones de tener sexo ni con la persona que más quiero en este mundo, es decir, conmigo mismo.

Eva-Maria ya ha venido a visitarme tres veces, siempre acompañada de su madre o la mía. Casi no hemos hablado pero nos sonreímos, por así decirlo; para ser el comienzo, es suficiente.

Presiento que en los próximos días la separada no abandonará su sitio de madre abnegada junto a mi cama ni va a dejarme solo con Eva-Maria, así que hice que me trajera ayer un disquete rojo: insistí en que fuera rojo vivo. Lo voy a meter en el computador, y cuando Eva-Maria venga hoy pienso copiarle lo que he escrito.

Pensé mucho si debía hacer eso porque me

preocupaba quedar por completo en las manos de mi prima, pero creo que este asunto se puede tomar con más tranquilidad: en caso de emergencia, un disquete rojo se explica como un intento literario tan fácilmente como un cuaderno rojo.

Y si se necesita, también puedo llenar un disquete azul y uno amarillo. Puedo crear tantos Bonsais diferentes como hizo Eva-Maria. Después de todo no soy tan unidimensional como para no poder escribir otras 220 paginas completamente distintas, llenas de verdades relativas sobre mí.